거기 누구 없소

거기 누구 없소

조 철 형 제3 수필집

노 문 사

글동무에게 감사를

늘 푸른 인생이 되기를 바랐지만 그것은 꿈일 뿐이다. 코로나 사태 속에 오라는 데도 갈 데도 없어 창밖만 바라보는 하루하루의 연속은 감옥이다. 다행히 함께 늙어 가자고 언약한 서예와 수필 두 글동무가 곁에 있어 큰 위안이 된다.

작년 봄 수필집 출간을 앞두고 큰 수술을 겪은 데 이어, 올해 새로운 수필집을 준비하면서 코로나 확진까지 받았다. 좌절하지 않고 운명으로 받아들여 극기할 수 있도록 글동무는 등불이 되어 주었다.

동무와 대화를 하는 데 무슨 조건이 있을 수 없다. 마음의 여로를 따라 끝이 없는 길을 함께 걷고 대화하다 보니, 세월은 그야말로 촌음寸陰이다.

문장의 어눌함을 벗어나기는 막막했지만, 군살을 빼고 다듬질하여 완성했다고 자족할 때마다 글동무는 다이돌핀이란 큰 선물을 안겨주며 토닥거렸다. 용기를 얻어 "거기 누구 없소"와 "잃어버린 가방"이란 연편 수필을 썼다.

수필집 발간에 즈음하여, 중학교 문예반 시절 '전국 문예단체 총연합회' 주최 전국 학생 백일장에서 장원을 한 제갈정웅 선배님의 감상시를 신게 되어 기쁩니다. 더불어 출간에 도움을 준 아내와 딸이 나의 가족임이 자랑스럽습니다. 세 번 연속 감수를 맡으신 김영진 님과 두 글동무에게 감사드립니다.

2021년 6월   조철형

나를 찾은 여행

아무 것도 없는 것
그것이 무한한 가능성이요
존재와의 관계이다

별이 빛나는 밤
현재의 내가 아닌 내가 된 시간
4시간 36분

쓸개 빠진 자가 되고 간이 잘린 자가 되니
주인은 물 속에 어린 달 만나러 가고
빈 배만 일렁인다

거기 누구 없소?
언젠가 그날이 오면 깃털 같은 인생
우리 모두 저 빈 배를 타고 떠날 것이지만

아직은 아니라고,
내려놓고 비우고

씻어내고 풀어내고
멈추고 돌아오니
쉼과 안식이었네
거기 누구 없소?
처음부터 모든 것이 내 안에 있으니
거기에는 아무도 없다

있음과 없음이 함께 하고
없음이 곧 있음이요
있음이 곧 없음이니
공空과 색色이 하나라

황금 낙엽을 밟으며
나를 찾아서 돌아 왔다.

- 〈거기 누구 없소〉를 읽고

2021년 6월 제갈정웅

제갈정웅 약력

강릉 출생.
1978년 시문학으로 등단.
월간 한맥문학 주간 (2002.9 ~ 현재).
서울대학 상대 경영학 학사. 美 일리노이 대학원 석사.
서울과학종합대학원 경영학 박사, 대림대학교 총장 역임.
이화여자대학교 경영대학 겸임 교수.
현 사단법인 감사나눔연구소 이사장.
현 사단법인 현대시인협회 부이사장.
저서: 『기업도 상품이다』 외 다수.

■ 서문/ 조철형
■ 축시/ 제갈정웅

제1장
거기 누구 없소

제*2*장
잃어버린 가방

제3장
일체 유심조—切唯心造

제 **4**장
할머니 미소

제5장
황금 낙엽

제1장

거기 누구 없소

별이 빛나는 밤

경자년은 십이지간 첫해이며 일식을 볼 수 있는 해다. 더욱이 2020.02.02처럼 서로 마주보는 년월일은 천 년에 한 번 온다. 내일이 그날이다. 구정을 맞이하면서 어떻게 경자년을 보낼까 궁리를 한다.

내 버킷리스트에는 경자년 상반기에 제2수필집을, 망팔을 바라보며 수필4집 출간으로 기록되었다. 팔순이 되어 단편소설을 쓰고, 가장 아름다운 설국, 설원雪原 횡단 여행이 잡혀있다. 허망한 꿈일지 모르지만, 꿈이 이루어지기 위해서는 우선 건강해야 한다는 생각이 불현듯 들었다.

내일은 중요한 약속들이 있는 날이다. '강릉 가는 길' 문학지 발간 관련하여 선배님들께 자문을 구하려 자리를 마련했고, 모임 후에 고향에다 연어 랜드 유치를 위한 회동이 있기로 했다. 별을 보고 들뜬 기분으로 잠자리에 들었다.

새벽에 명치 아래가 뜨끔거린다. 만남의 기대심리가 너무 과했는지 모른다. 아침 식사를 하고 약속 장소인 충무로 역으로 행했다. 선배님들을 만나 환담을 나누는데 가슴 통증이 사라지지 않아 인근 약국에서 진통제를 사다 복용했으나 마찬가지다.

점심을 차려 놓고 먹을 수가 없다. 속이 좋지 않아 함께 식사를 못하여 양해를 구했다. 통증을 참다 보니 무슨 얘기를 나누었지도 몰랐다. 내색을 안 하나 전신에 식은땀이 흘렀다. 만남을 파하고 강릉에서 상경한 김 회장과 함께 인사동 삼합집 식당으로 행했다.

오랜만에 대학 동창과 만남의 기쁨을 나누고 환상의 '삼합' 메뉴를 주문했다. 음식이 나오자 마치 칼로 가슴을 찌르듯 한다. 통증이 심하여 참기가 어려웠다. 모처럼 만남이며 구미가 당기는 삼합을 뒤로 한 채, 친구의 강요에 떠밀리어 집 근처 병원 응급실로 향했다.

난생처음 응급실에 도착하여 입원 수속을 밟았다. 오후 다섯 시가 지나고 있었다. 응급조치로 진통제와 협심증 약을 복용하니 통증이 가라앉았다. 옷을 갈아입고 응급환자실에 입원했다.

몇 가지 문진 검사를 받은 다음 영상 촬영실에서 흉부 X-ray를 찍고, 심장 CT 촬영을 하려는 참이다. 혈관 조영제 주의 사항을 듣고, 촬영 중 숨쉬기 요령 연습을 했다. "숨을 내쉬세요, 숨을 멈추세요. 숨 쉬세요."

나는 피촬영자로서 반드시 지시에 따라야 한다. 원통형의 CT 촬영기 안으로 레일 따라 베드가 직진, 후진한다. 베드 위에 눕자 터널 같은 촬영기 안으로 들어가 정지하고 천정이 회전한다. 나는 마치 우주에 진입하여 떠있는 것이다. 천정을 바라보니 어지러워 눈을 감았다.

CT(Computerized Tomography)는 컴퓨터에 의한 X-ray 단층斷層 촬영이다. 조영제가 혈관에 투입되니 온몸에 열기가 동시에 골고루 퍼진다. 우주와 같은 신체 구조를 구석구석 밝히니, 나는 마치 아주 오래 전 인간으로서 그 비밀을 드러내는 살아있는 미라다. 아니 우주 인간이다.

컴퓨터 촬영이 시작된다. "숨을 내 쉬세요," 안내 방송에 따라 길게 숨을 내쉬는 동안 촬영기는 촬영할 부분에 초점을 맞추고, 컴퓨터는 무수한 단층으로 자르려 준비한다. 수술 대체 기술로 신체를 진단한다. 3D 프린터로 단층을 복원한다면 나는 복제된 인간으로 태어날 것이다. 다시 태어나기 위해 무수히 난도질해도 녹초가 된 몸이니 별 도리가 없다.

"숨을 멈추세요." 안내 방송에 따라 숨을 멈추면, 촬영기는 단층으로 분해한 곳에 빔(Beam)을 발사하여, 빔의 입사각도와 반사 각도를 컴퓨터로 측정한 후 계산하여 입력한다. 촬영기가 돌아가면서 단층을 샅샅이 찍는다. 촬영 장소를 옮길 때 우뢰와 같은 소리가 난다. 마치 천지창조의 순간처럼.

순간 촬영이 끝나고 베드가 후진하면 "숨 쉬세요." 안내 방송에 따라 숨을 쉬고 촬영기도 열을 식힌다. 숨 내쉬기, 숨 멈춤, 숨 쉬기를 따르지 않는다면 나는 이 우주 공간에 떠도는 영원한 미아迷兒가 될지 모른다.

베드가 전진과 후진을 반복하면서 촬영이 계속된다. 촬영 결과는 다시 단층으로 복원되어 이상 여부를 나타내는 컴퓨터 작업이 진행된다. 대학 시절 전기 자기학 자장磁場 이론만 배웠지 실제 실험은 못했는데, 반세기가 지난 지금 의료기로 임상실험이 아닌 치료 진단을 체험하고 있다. 30여 분 동안의 촬영이 끝나자, 마치 우주 여행을 마치고 지구로 귀환하는 듯했다.

4시간의 기다림 끝에 받은 통보는, 특별한 이상은 아직 발견 못했으니 응급조치로 약을 처방받아 귀가했다가 3일 후에 전문의에게 진단받으라는 것이다. 머지않아 운명의 서곡이 울릴 텐데 까마득히 모른 채 귀가하는 발길은 가벼웠다. 유난히 '별이 빛나는 밤'이다.

암 환자

협심증으로 응급실 신세를 지고 집에서 하룻밤을 지내니 멀쩡했다. 왜 그리 가슴이 아팠을까? 사흘 후에 CT 촬영 결과를 알 수 있으나 하루빨리 원인을 알고 싶었다. 분명 심장에 문제가 생긴 듯했다.

지금까지 감기 한 번 안 걸려 차돌이라는 말을 들었는데 2020년을 기점으로 불운이 시작되는 것인지 은근히 걱정이 앞선다. 안경을 쓰고 혈압약을 복용하는 아내를 안쓰럽게 생각했는데, 나이 앞에 장사 없다는 말은 나에게도 예외가 없는가 보다.

우수한 유전인자를 물려받아 건강한 삶을 이어가는 경우도 많지만 식생활과 생활 습관에 따라 망가지는 사례 또한 무수히 많다. 나는 전자의 경우라고 믿어왔다. 한데 무너지기 시작하니 걷잡을 수 없다.

시력이라면 남보다 멀리 볼 수 있는 몽골 눈이고, 안경을 쓰지 않아도 신문을 읽는데 불편함이 없었다. 정기 검사 때 항상 시력 1.5를 받았으니 조상 덕이라 여겼다.

한데 금년 들자 눈앞이 갑자기 침침하고 어릿하여 검사를 받아 보니 두 눈 초점이 다른 사시斜視란다. 청천벽력이었다. 급기야는 뇌 MRI를 촬영하고, 갑상선 이상 여부를 검사하여 치료를 받고 있는 중이었다.

사흘 후에 병원을 찾았다. 심장 내과에 들렀더니 심장은 이상이 없고 간에 문제가 있으니 암 센터 내과에서 진료를 받으라 했다. 암 센터로 가는데 가슴이 위축되는 느낌이다. "암인가?"

암 센터 외과 의사가 CT 촬영한 화면을 보면서 자세히 설명하였다. 협심증 원인은 쓸개의 담석으로 인한 것이며, 원인은 모르지만 간에 큰 혹이 생겨 약물 치료가 아닌 제거 수술을 해야 한다고 했다. 가슴이 철렁했다. 암이냐고 물었더니 조직 검사를 해봐야 알겠지만 정황으로 보아 100% 암이라고 단정했다.

문제는 장기간 흡연과 음주를 했기에 간 섬유질 검사를 하여 이상이 없으면 수술이 가능하고 이상이 있으면 이식을 해야 하는데 보통 문제가 아니라 한다. 겁주는 것이 아닌 듯했다. 남의 얘기를 하는 것이 아니라 내 얘기다.

수술 전에 필수 검사를 받아야 한다고 했다. 심장, 폐, 호흡기, 간 등 검사를 받아 이상이 없어야 수술이 가능하다는 것이다. 오랫동안 담배와 술을 들었기 때문에 수술 후 마취가 깨어나는 데 문제가 생길 수 있다고 한다. 산 넘어 산이다. 이놈의 술과 담배, 당장 요절을 내고 싶었다. 하여튼 3월 4일을 D-day로 수술 날짜를 잡고 검사를 받기로 했다.

혈액 검사로부터 심장과 폐 기능 간 섬유질 검사 등, 2~3일에 한 항목씩 검사를 받았다. 검사받다 죽겠다 싶을 정도로 고역이었다. 다행히 모든 검사에서 관문을 통과하여 비로소 한숨을 돌렸다.

외과 의사가 검사 결과를 보고 다행이라면서 수술 방법을 설명했다. 담석이 있는 쓸개는 완전 절개 제거하고, 혹이 있는 간 부분을 잘라내는데 간의 1/2이라 했다. 수술 방법은 개복 수술이 아닌 복강경 수술을 한단다. 일주일 후 응급실에 입원하여 사전 조치를 취하고 다음날 수술을 받게 되었다. 매일 병원에 들락거렸는데 일주일 휴가를 받은 셈이다.

일주일 휴가를 어떻게 보낼 것인가. 다행히 금년 상반기 내로 발간할 제2 수필집 퇴고가 마무리 단계여서 집중키로 했다. 한데 서문을 작성하려는데 무엇을 써야 할지 생각이 떠오르지 않고, 50편 수필 중 다섯 편의 끝맺음이 매끄럽지 않아 속이 탔다.

두문불출로 탈고를 하고, 인터넷에 '숲속의 춤판'이란 파일을 편집하여 usb에 담았다. 그리고 권구철 목사가 번역한 로마 순교사화 '순교자 마셀러스(Marcellus)'를 탐독했다. 마음이 담담하고 차분해지니 책의 위력을 실감한다. 나의 수필집이 이랬으면 좋으련만.

"수술 후 마취가 깨어나지 않는다면?"라는 생각이 들었다. 우두커니 상념에 잠겼다가 아들을 조용히 불렀다. "아들아, 아버지가 며칠 후에 수술을 받는데, 만약 아버지가 잘못되면 네가 이 수필집을 발간해 다오." 부탁을 하며 절차를 설명했다.

모처럼 부자간의 대화가 유고집에 대한 얘기가 되고 말았다. 아들은 당황한 나머지 눈이 충혈되어 고개만 끄덕이었다. 이런 부탁을 하게 되다니, 내가 한스럽고 아들한테 미안했다.

D-day. 수술을 위해 응급실에 입원하는 날이다. 아들은 아버지 수술 잘 받으시라고 인사를 하며 외출했다. 집을 나서니 석양이 뉘엿뉘엿하여 내 그림자가 길다. 떨어지기 직전의 목련화가 배웅을 하며, 퇴원할 때는 벚꽃이 환영을 할 거라 한다.

뚜벅뚜벅 마치 나는 순교자가 된 양 걸어가니, 아내는 "어쩌면 그리 담담한 표정이냐."라며 하늘을 바라본다. 응급실이 가까워지자 나도 모르게 아내의 손을 꼭 쥐었다. 설화인지 모르지만 고희를 맞으면 고려장으로 산으로 갔었다는데, 나는 지금 암 환자가 되어 산이 아닌 응급실로 걸어가고 있는 게 아닌가.

최면술을 걸다

 응급실에 도착하니 위급 환자들을 옮기느라 분주했다. 수술하러 걸어 들어오는 환자는 나뿐이다. 코로나 방역으로 비상이 걸렸다. 줄을 서서 문진표를 작성하고 응급실 입원 수속을 밟았다. 방에 배정되자 마취와 수술에 관한 주의 사항을 듣고 수술 동의서에 서명을 했다.

 수술 시 출혈이 과다하면 혈액을 보충할 비상 수혈 관을 설치해야 한다며 마취 후 목에 구멍을 내고 튜브를 심장까지 연결하였다. 내일 아침에 하다 보면 시간이 지체될 수 있어 불편하더라도 양해를 구한다고 하니, 환자의 인권을 존중하는 것 같아 기분이 좋았다.

 밤 열 시가 되자 보호자를 귀가시켰다. 혼자 괜찮겠느냐는 아내의 목소리가 떨린다. 지금까지 각 방 생활을 했는데 마치 영원히 이별하듯 한마디 남기고 세월의 뒤안길로 가는 아내를 유심히 바라보았다. 한 번이라도 더 보려고 나의 핏줄을 자식에게 이어준 아내가 아닌가.

혼자 덩그렇게 남겨지니 온갖 회고가 밀려온다. "나이 칠십이 되면, 하는 바가 법도를 넘지 않는다(從心所欲不踰矩)."라는 것은 공자의 말씀이다. 오래 사는 것은 자식들이 원하는 바지만, 나이 들어 병들면 거동이 불편하고 이래저래 폐를 끼치는 것이 이만저만이 아니다. 그러니 아예 요양원으로 가게 된다.

후세에게 자리를 비켜줌이 마땅한데, 법도에 어긋나지 않는다고 떳떳이 말할 수 있겠는가. 젊은이에게 물어보면 왜 물어보느냐고 할 것 같다. 의술이 지금과 같지 않은 옛 날에는 생명 연장은 엄두도 못 냈다. 몸에 집도를 하는 것 자체를 금기시하였고, 부모님께 물려받은 옥체를 훼손하면 불효로 여겨졌다.

현대 의학은 광학(렌즈)과 자장(자기공명), 탄소섬유 등 융합 기술에 의한 초정밀 의료장비의 출현으로 괄목한 발전을 이루었다. 촬영, 분석 등 기술을 동원하여 눈으로 신체를 샅샅이 훑어보니, 오로지 청진기나 집맥에 의존했던 과거 의술과는 천양지차다. 첨단 과학에 힘입어 의료 장비의 진단 의학은 인간의 수명을 연장시켰다고 볼 수 있다.

복개 수술 단계를 지나 첨단 수술기에 의한 복강경 수술과 장기 이식까지 가능하니, 인명은 재천이란 말은 옛말이다. 지금은 인간의 존엄성인 생명을 연장하여 일자리를 창출하는 것이 실버산업이다. 의술이 발달하여 100세 인생을 노래한다. 글감을 현대 의학처럼 분해하여 감동을 줄 수 있는 명작을 탄생시킬 수 있다면 얼마나 좋을까?

마취를 해 본 적이 없어 자못 궁금하다. 정기 신체검사 시 위와 장 내시경 검사할 때는 마취를 하지 않았다. 실황으로 내시경 현황을 보며 의사와 대화를 했을 뿐 마취의 경험이 없다. 나이 들면 전신마취 부작용과 후유증이 있을 수 있다기에 주의 사항을 듣고 마취 동의서에 서명을 했다.

마취라고 하니, '어빙'의 단편 소설 립 밴 윙클이 생각난다. 주인공이 산속에서 술을 얻어 들고 잠들었다 깨어 보니 20년이 지났다. 하산하니 온갖 세상이 달라졌고, 아무도 알아보는 이 없어 자기가 자기 자신이 아닌 듯했다. 다시 긴 그림자를 드리우며 산으로 올라가는 이야기다.

만약 타임머신에 탑승했다가 내리니, 오랜 세월이 지나 아무도 나를 알아보지 못한다면 어떻게 해야 할까. 동화의 주인공? 생각조차 하기 싫다.

마취에서 깨어나지 않는다면 어지러운 인생사 다 잊어먹고 영원한 숙면에 들어갈 텐데, 가족 친지들은 깨어나지 않을까 봐 노심초사하겠지. 먼저 가고 늦게 가는 것은 잠시일 뿐인데, 깨어나서 수술 효과를 누리기를 원하니 그것에 따를 수밖에 없다. 그것이 도리이고 의무인지도 모르겠다.

응급실이 왁자지껄 시끄러워도 홀로 있으니 외로움을 느낀다. "나는 누구인가?"란 질문을 던지며 자기 성찰을 해본다. 삶을 뒤돌아보니 앞만 보고 달려온 것이었다. 생로병사와는 무관한 미련한 사람이었다. 이번 일은 아마 하늘의 계시인 것 같다.

살아온 내 인생을 남들한테 품평을 받는다면 어떻게 될까? 값어치를 따진다면 얼마나 될까. 다시 태어나면 남을 이롭게 하고 사회에 이바지하는 인생이 될 수 있을까?

세상만사 기능이 소진되어 쓸 데 없으면 용도 폐기해야 할 텐데, 아직도 쓸 만한 가치가 있는지, 아니면 인간의 존엄성 때문에 생명 연장 수술을 받는 것인지 답을 내지 못하겠다. 하여튼 수술 이후 나는 더 이상 현재의 내가 되어서는 안 되겠다는 생각이 든다.

이런저런 생각에 머리가 어지럽다. 수술대에 올라 마취가 되면 편히 잠들 텐데 지금 걱정을 한들 무슨 소용이 있단 말인가. 찡그리고 왔다가 웃으며 돌아가기를 기도했다.

"잠이나 푹 자며 아름다운 꿈이나 꾸자."라며 자기 최면술을 걸어 어느새 잠들었다.

거기 누구 없소

응급실에서 자고 눈을 뜨니 주위가 낯설고 백야다. 오늘이 수술을
받는 운명의 날이다. 8시가 되자 담당 의사가 도착하여 목에 설치한
비상 수혈 관을 점검했다. 곧장 수술 침대에 누워 수술실로 이동하였
다. 수술 준비 끝에 드디어 마취를 하니 잠시나마 이 세상과 하직을
했다. 아니 긴 잠을 자게 되었다. 9시 17분에 수술이 시작되었단다.

간과 쓸개를 절개切開가 쉽도록 배꼽을 포함하여 네 군데에 천공을
내고, 복강경으로 수술을 한다고 했다. 내 운명은 오직 의사에게 달
려 있다. 인명은 재천이 아니라 재의在醫이다. 보호자실에서 아내가
수술 현황을 가슴 졸이며 지켜보고 있을 텐데, 의사에게 온몸을 맡기
고, 꿈을 꿀 수 없는 단잠을 잔다.

허준의 스승 유의태는 반위(위암)로 세상을 떠나기 직전에, 자기 배
를 열어 반위를 규명하라는 유언을 남겼다. 허준은 눈물을 흘리며 스
승의 배를 해부하여 장기를 측정하며 종이에 옮겨 기록했다. 스승의

살신성인 정신을 이어받아 훗날 어의로서 인술을 베푸는 명의가 되었으며, 저술한 동의보감은 유네스코에 등록된 찬란한 보배다. 나는 간암 환자로 미리 어떻게 수술할지 의사와 상의했지 않은가.

집도하는 의사는 망자亡子가 아닌 마취된 환자를 주어진 시간 내에 수술을 마쳐야 하니 초읽기다. 그 강박감에 눈물 아닌 땀을 흘린다. 훗날 간과 쓸개 두 곳을 동시에 절개하고 봉합하는, 난이도가 높은 수술로 유명한 명의가 되기를 나의 영혼이 기도했을 것이다. 오후 1시 53분에 수술이 종료되었다고 한다.

장장 4시간 36분간의 수술이 끝나자 집중치료실로 이동하였다. 눈을 뜨니 담당 의사가 내 손을 쥐면서 "수술이 잘 되었어요. 축하합니다."라고 귀에다 말한다. "마취가 깨었어요?"라는 아내의 목소리가 아련하다. 눈을 감자 환각 상태에 빠져들어 '생사의 갈림길'로 여행을 떠났다.

칠흑같이 어두운 밤, 나는 조각배를 타고 있었다. 사공도 없이 나홀로다. 별도 달도 없으니 여기가 어딘지 어디로 가는지 분간할 수가 없고, 배에 몸을 맡기고 간다. 도대체 내가 왜 여기 있는지 물어볼 사람도 없으니 어둠만을 응시할 뿐이다. 고통 없이 수술을 잘 받았으니 순교자를 만나러 가는 것인가.

강물결 따라 배는 가고 있다. 빠른지 느린지 감을 잡을 수 없다. 환송하는 자도 환영하는 자도 없이 그저 미지의 세계로 간다. 한참을 지나자 배는 더 이상 가지 않고 멈추었다. 앞에서 잔잔한 순풍이 불어온다. 강을 따라 가는 줄 알았는데, 바닷가에서 맡던 냄새가 풍겨

온다. 해풍이다. 강이 바다와 만나는 곳에 온 것이다. 갈매기 소리도 들리지 않고 철썩철썩, 파도 포말 소리뿐, 주위를 둘러보아도 아무도 안 보이고 적막한 고요만이 밀려온다. 목청을 높여 "거기 누구 없소?"라고 불러 보았지만 메아리뿐이다. 여기가 생사의 경계선인가.

다시 한번 "거기 누구 없소?"라고 부르니, 저 멀리로 "거기 누구 없소?"라고 메아리만 돌아온다. 일렁이는 배에서 내리지 않고 다시 한번 "거기 누구 없소?"라고 소리를 질러 본다. 대답이 없다. 한참 지나 "내가 왜 여기 있는지 누군가 말 좀 해보시오?" 큰소리로 반문하려는데, 어둠 속에 배가 어렴풋이 보인다. 뚫어져라 보니 '빈 배'다. 아무도 타지 않은 빈 배, 돛을 내린 빈 배 바닥에는 술병이 이리저리 뒹굴고 있었다. 술병에 '이백李白'이라는 이름표가 얼핏 보인다. 달을 쳐다보고 시 한 수 읊고 또 쳐다보고 곡차를 기울이다 물속에 어린 달을 만나러 들어간 모양이다.

저 바다를 건너면 미지의 세계가 있을 테니 빈 배를 타려고 하자 "돌아가시오. 돌아가 나무처럼 살다 다음에 오시오."라는 소리가 하늘에서 들리는 게 아닌가. 순교자 '마셀러스(Marcellus)'가 손을 흔들며 돌아가라고 하는 것 같다. 돌아가 할 일도 없을 것 같은데, 돌아가 무얼 하란 말인가.

이내 바다 수면이 높아지며 강으로 흘러오니, 바람이 불지 않아도 타고 온 배는 강을 거슬러 온 길로 되돌아간다. 무슨 조화인가. 한참 지나니 멀리 검은 구름을 뚫고 햇살이 비친다. 눈이 부시다. "여기요, 여기."라고 누가 외치는 소리가 천둥 같다. 살아있는 미라가 긴 잠에서 눈을 뜨는 순간이다.

"수고하셨습니다." 의사가 반가워하는 소리에 나도 모르게 눈물을 흘리니 "여보!" 떨리는 음성으로 아내가 눈물을 닦는다. 수술이 끝나자 절개된 간과 쓸개를 보고 어쩔 줄 몰랐다던 아내다. 쓸개 빠진 자가 눈을 뜨니 칠흑 같은 하늘이 아닌, 휘황한 응급실 천정에 빈 배가 일렁이고 있다.

"거기 누구 없소?" 메아리가 귀를 울린다. 언젠가는 깃털 같은 인생을 마감하고 저 빈 배를 타러 가리라.

갈림길

수술을 하여 집중치료실에 있을 경우, 보호자 이외는 면회를 할 수 없다. 면회를 온다 한들 서로 얘기를 나누지 못할 형편이다. 병원은 아예 외부와 단절시켜 환자 보호 차원에서 접촉을 불허한다. 더욱이 코로나로 인하여 감염 방역에 분위기는 삼엄하다.

마취에서 깨어나자 회복을 위해 집중치료실에서 지나게 되었다. 하루가 지나 식사로 미음이 나왔다. 한데 먹을 수가 없다. 음식 냄새를 맡자 속이 느글거리며 메스껍다. 물 한 모금을 마시고 상을 물렸다. 다음날 아침 식사가 나왔는데, 간 수술 환자라 담백한 죽과 반찬으로 차려졌다. 달짝지근한 냄새로 속이 메스꺼워 도저히 먹을 수가 없다. 곡기를 끊으면 안 된다기에 억지로 죽을 몇 숟갈 뜨니 죽을 맛이다. 사는 것이 고역이다.

걸을 수 있으니 응급실에서 일반 병동으로 옮겨야 한단다. 수술을 위해 목에 설치한 비상 수혈관은 제거했다. 산소 호흡기와 링거, 수술 부위 피를 받는 주머니를 차고 병동으로 옮겼다. 4인실 간호·간병 병동은 간병인이 필요 없고 밤 10시면 보호자는 퇴실해야 한다. 창문 커튼을 여니 앞 산 나무가 보인다. 상처를 안고 자라는 나무처럼 살아보라는 하늘의 소리가 귓가에 다시 울린다. 나무를 닮고 싶다.

집중치료실에 있다가 4인실 병동에 오니 우선 살벌하지 않아 좋다. 입원하여 경과가 좋으면 8일 후에 퇴원한다는 희소식이다. 한데 담당 의사가 와서 주의 사항을 설명하는데 들어보니 보통 일이 아니다. 가래 제거와 수술 부위의 지혈, 장腸의 가스(방귀) 배출이 관건이란다. 소변을 용기에 받아 검사를 받는다.

마취 동안에 가래가 폐에 쌓여있어, 발생하는 가래를 제때 뱉어 제거하지 않으면 폐가 말려 오그라들어, 폐렴에 걸리고 사망할 수도 있다. 흡연을 오래 했기에 가래가 검을 거라 했다. 가래가 발생하는 대로 뱉는다면 검은색이 흰색으로 바뀌는 데 며칠 걸리며, 흰색 가래가 나와야 정상적인 폐 기능을 발휘할 수 있단다. 갈 길이 구만리다. 마취로 폐 기능이 저하되었으므로 빠른 회복을 위해 심호흡을 적극 권장하며 호흡 테스터를 주었다. 숨을 마셨을 때 3개 튜브 안의 공 3개가 모두 튜브 천장에 닿아야 정상인데, 시험 삼아 해보니 한 개만 겨우 뜬다.

가래와의 전쟁이 시작되었다. 코에 부착한 산소 호흡기로 숨을 쉬지만 가래가 생기니 숨이 차다. 처음 한두 번은 가래를 뱉기가 쉬웠지만 계속 뱉다 보니 가슴이 결린다. 연속 가래를 뱉느라 안간힘을 쓰다 보니 몸에 열이 오른다. 간호사가 체온 측정하는데 37도 이상이니, 코로나로 지레 겁을 먹었는지 서둘러 피 검사 의뢰를 한다. 이상이 없음을 통보받은 후 안도하며 해열제를 주니 철저하다. 몸에 열이 발생할 정도면 가래 뱉는 것이 얼마나 힘들기에 가래 전쟁이라고 했겠는가. 가래 때문에 코로나 의심 환자로 취급해서 죄송하다며, 교대하는 간호사에게 자세히 인계인수하니 역시 백의의 천사다.

심호흡 훈련, 소변 채취, 가래 뱉기를 병행하니 눈코 뜰 새가 없다. 지쳐 잠들다 보면 식사 시간이다. 담백한 음식이 비위에 거슬려 들지 못하고 유산균음료나 두유를 마신다. 웬만한 아픔쯤이야 참을 수 있는데 가래 뱉느라 가슴이 결리는 고통은 이만저만이 아니다. 혼신의 힘을 다하니 고통은 더욱 심하다. 입원할 때 1회용 면도기도 소지 못하게 하는 이유를 알 것 같다. 차라리 자해를 하여 고통 없는 세계를 택할 수도 있겠다 싶다. 어둠 속에서 빈 배가 어른거렸다.

병실 3일차에 검은 가래가 흰 가래로 바뀌었고 호흡 테스트기로 볼 2개가 천정에 붙었다. 4일차에 가래 발생이 줄어들고 호흡 테스트기의 볼 3개가 모두 천장에 붙었다. 의사가 회복이 빠르다며 결과를 보고 놀란다. 밤새도록 죽느냐 사느냐 갈림길에서 사투를 한 것을 알아주기 바랐다. 가래와의 전쟁은 거의 일단락되는 듯싶었다. 코에 부착한 산소 호흡기를 떼고, 수술 부위 피가 지혈되어 비닐 주머니를 제거하니 시원섭섭했다. 5일차 수술 부위가 아물어 실밥을 뽑고 소독을 했다.

이제 마지막 관문은 가스 배출이다. 변비약을 별도 제조하여 복용했는데도 가스가 나오지 않아 의사가 회진할 때마다 안부를 묻는 게 가스 얘기다. 걷기 운동을 하면 좋을 거라 하여 한 시간마다 병동을 세 바퀴를 걷는다. 유산균음료와 아내가 갖고 온 참기름을 마셨다. 가스가 충만한 복부는 폭발 직전이다. 마침내 속이 부글거리더니 소식이 왔다. 화장실 변기에 앉으니 우주선 발사대 같다. 카운트다운! 안간힘을 쓰니 드디어 몸이 들썩, 굉음을 내며 가스 배출과 동시에 탄알 같은 것이 나왔다. 몸체는 우주를 향해 날아가는 듯했다. 오랫동안 엎드린 새는 반드시 높이 난다(伏久者飛必高)고 했듯이, 몸체는 창공을 향해 높이 솟는 기분이다. 소식을 의사와 간호사에게 알렸더니 축하한단다. 아! 이런 축하는 처음이었지만 받을 만했다.

내일이 퇴원 예정인데 옆방을 폐쇄하고 있었다. 보호자가 코로나 확진자로 판정되어 입원 환자들을 격리시키고 후속 조치를 취한다는 것이다. 코로나가 나와 같은 사람을 호시탐탐 노리는데 날벼락이었다. 다행히 그 확진자가 병실을 다녀간 후 다른 곳에서 감염되었다는 소식에 한바탕 소동騷動을 겪은 새 가슴을 쓸어내렸다.

퇴원하는 날 담당 의사가 그동안 고생했다며 위로했다. 빈 배를 타지 않고 귀환하여, 가래와 가스에 맞서 악전고투하며 혹독한 시련을 이겨낸 전사가 아닌가. 죽느냐 사느냐 갈림길에서 "To be or not to be!"라고 외친 햄릿드의 절박한 심정이었는데, 귀가하는 길에 갓 핀 벚꽃이 나를 반긴다. 입원하는 길에서 보지 못 했던 꽃이다.

어르신의 겸손

입원한 지 8일 만에 집에 오니 감회가 어린다. 가정을 부정하여 가출하였다가 온갖 시련 끝에 다시 돌아온 자에게, 다시 가출하겠느냐고 묻는다면 아니라고 강하게 말할 게다. 멀리 떠났다가 오랜만에 돌아온 기분이다. 며칠간의 일들을 머릿속에서 정리한 후 우선 몸을 씻고 눈을 붙였다. 잠시인데 코를 골며 자더란다.

일상으로 돌아왔으니 망설일 것도 없이 우선 금연이다. 평생 애지중지해 온 담배를 끊어야 하니 가차 없이 재떨이와 라이터를 치웠다. 자존심과 운명을 걸어야 하는 중대 사안이다. 새해를 맞이할 때면 금연하겠다고 보건소를 찾으며 시도했지만 성공한 적이 없었다. 이번만큼은 단단히 배수진을 치고 실행에 옮겨 인간의 존엄성을 되찾아야 했다. 인간의 존엄성? 국가에 매일 세금을 꼬박꼬박 내는 애연가는 애국자라고 주장했지만 이제는 애국자 이전에 남에게 폐를 끼치는 노인이 되지 말아야 한다는 생각이다.

평소 꽁초를 버리지 않고 주머니에 넣었다가 집에 와서 재떨이에 비우니 문제가 심각했다. 주머니에 꽁초가 있는 채로 식구들 옷과 함께 세탁하여 난리가 난 적이 한두 번이 아니었다. 외손자가 온다면 하루 전부터 화장실, 거실 등 담배 냄새 제거하느라 비상이었다. 그런데도 이런저런 핑계로 옥상을 자주 오르락내리락 했다. 마트 점원은 내가 가면 말을 안 해도 내가 피우는 담배를 꺼낸다. 담뱃값이 올라갈 때는 함께 걱정해준 고마운 이웃이다. 이런 인연을 마다하고 매정하게 담배를 끊으려니 앞으로 밀려올 허전함을 어떻게 감당해야 할지 걱정이 태산이다.

　입맛이 없고 희로애락을 못 느끼니 금단 현상인가. 쓸개가 없으니 당분간 입맛이 없다손 치더라도, 뭔가 허전하고 얼빠진 사람 같다. 옥상에 올라간다. 담배를 태우려 자주 찾았던 옥상 정원이다. '하늘 장독대'의 숨 쉬는 항아리에는 된장·고추장이 익어가고, 회양목이 그간 어디 다녀왔냐며 반긴다. 내가 매일 눈도장을 찍으러 왔었는데 안 보이니 궁금했던 모양이다. 소나무도 송홧가루를 날리려 솔 순을 뻗고, 돌나물이 자기를 데려가 달라고 엎드려 빈다. 정든 옥상 가족들에게 이제부터 담배 대신 건강 체조를 하러 올라오겠다고 다짐을 하니 소리 없는 박수를 보낸다.

　오랜만에 책상에 앉아 컴퓨터를 켰다. 발간을 위하여 저장한 '숲속의 춤판'을 열었다. 서문에는 겉모양도 제대로 보지 못하니 어찌 내면에 실재한 것을 볼 수가 있느냐고 실토했다. 맞는 얘기다. 지금 나는 엊그제의 내가 아니다. 생사의 갈림길에서 빈 배도 보고, 스스로 산고産苦를 겪으며 살아 돌아오지 않았던가. 매끄럽게 마무리되지 않아 쩔쩔맸던 몇 편을 읽어보니 왜 이렇게 썼는지 의문스러웠다. 반복하여 읽다 보니 보이지 않던 내면의 실재가 어렴풋이 보이는 듯했다. 모두 손을 보아야 했다. 빈 배를 타려고 할 적에 산의 나무처럼 살다 오라는 천상의 소리가 생각나서, '산이 나를 부른다.'를 보며 문구를 수정하여 결문을 완성했다. 돌아가서 후회스러운 작품을 남기지 않도록 하라는 하늘의 계시였던 것 같다.

서문부터 첨삭을 하며 수정을 했다. 겸손한 자세로 내 몸에 잔재한 욕심을 버리고 예禮를 채우듯이, 억지를 부린 군살을 빼고 단순 명료한 표현으로 채우니 문장이 한결 새롭다. 이렇게 달라질 수가 있을까? 스스로 놀랐다. 글을 씀에도 욕심을 부리지 말고 겸손해야 함을 새삼 깨달았다. 뿐만 아니라 많은 경험과 깊은 관찰력으로 상상을 펼쳐야 하며, 경험이 부족하면 독서를 통해 간접 경험을 쌓아야 됨을 여실히 느꼈다. 하나에서 열까지가 겸손이다.

코로나 때문에 집에서 지낼 수밖에 없는 신세였는데, 퇴고를 하느라 시간을 보내니 이런 소일 거리가 어디 있겠는가. 원고 수정을 거듭하여 퇴고를 마친 후 출판사에 연락했다. 무엇보다 아들의 짐을 덜어준 것 같아 홀가분했다. 드디어 숲속의 춤판 수필집이 오월에 출간되었다. 수필집 발간 기념으로 아들과 아내와 함께 4박 5일간 제주도 여행을 다녀왔다. 차귀도와 우도의 남색 바다를 바라볼 때 빈 배가 자꾸 머리에 떠올랐다.

수술 3개월이 지나, 혈액 검사와 CT 촬영 결과를 보며 담당 의사가 전이가 안 된 만족스러운 상태이니 무리하지 말고 회복에 전념하라고 당부한다. 귀가하면서 하늘을 바라보니 뭉게구름이 두둥실 떠가니 나도 두둥실 떠간다.

하늘은 내게 왜 이런 시련을 안겨준 것일까. 무슨 곡절이 있는 듯했다. 나이 들수록 온화한 얼굴에 덕망스러워야 하는데, 근엄한 얼굴이다 보니까 무뚝뚝한 것이 자칫 거만해 보이고 오만 불손한 인상이 짙다. 그렇지 않고서는 달리 까닭을 찾을 수 없다.

기분 전환 차 계곡을 찾았다. 지금까지 무심코 보았던 것이 달리 보였다. 돌부리가 아무리 험하더라도 물살은 어루만지며 흘러가고, 돌에 납작 엎드린 이끼가 "나도 녹초綠草입니다."라며 겸손한 눈길을 준다. 발을 담그고, 두 손으로 물을 떠 마사다 물에 비친 내 모습을 보니 담배에 찌든 꼰대에서 벗어난 인자하고 겸손한 어르신의 얼굴이 일렁인다.

귀가하여 거울을 보며 물속에 비쳤던 표정을 지으려 한다. 마음속에서 우러나오지 않으니 입을 실룩거리다 히죽히죽 웃는다. 마치 실성한 사람처럼.

비대면 여행

수필집 '숲속의 춤판'이 발간되어 기분이 들떴다. 두 번째이고 유고집이 될 뻔했던 수필집이라 감회가 남달랐다. 수술을 마치고 집에서 퇴고를 마무리하여 발간되었으니 숲속의 춤판처럼 한바탕 춤이라도 추고 싶다.

유고집 발간을 면한 아들이 제주도 비대면 여행을 제의했다. 퇴원 후 회복 중이지만 마다할 이유가 없다. 코로나로 인하여 제주도 항공 편이 all stop 되었는데, 제주도가 코로나 감염자가 발생하지 않는 청정지역으로 판정되어 항공 편이 재개되었다. 비수기라 모든 요금이 턱없이 저렴했다.

현지에서 렌터카를 대여하고 숙소는 성산포 부근의 민박이란다. 아들의 특별 휴가에 맞추어 4박 5일간의 일정을 잡았다. 제주도 갈 적마다 빠듯한 일정에 쫓기어 느긋한 여행은 꿈도 꾸지 못했다. 마라도는 간 적이 있으나 이번에는 못 가본 차귀도와 우도를 가보고 싶다.

김포 서울 공항에서 만나 출발하기로 했다. 공항은 여행객이 없어 썰렁했다. 제주도 행만 항공편이 있다. 수속을 하려는데 카운터에서 모두 하물만 부치고 있다. 주위를 살펴보니 별도 설치한 화면 발권기가 있다. 병원에서 문진표를 종이에 쓰지 않고 화면에서 예약번호를 입력, 작성하는 비대면 방식과 동일하다. 이렇게 항공권을 발급 받아 수하물 취급 카운터에서 좌석을 배정받게 되었다. 코로나가 수속 절차를 바꾸어 놓았다.

제주 공항은 한산했다. 수하물을 찾아 곧바로 렌터카 대여하는 곳으로 가서, 비대면으로 승용차를 대여했다. 생활 거리 두기가 현실에서 전개되고 있다. 노인인 나 혼자라면 쩔쩔매는 신세가 될 판이다.

렌터카에서 찾아갈 주소를 내비게이션에 입력하여 운행하니 안내자가 필요 없다. 공항 인근 조카가 운영하는 식당에 들러 환대를 받으며 만찬을 하고 곧장 성산포 숙소로 향했다.

성산봉과 좀 떨어진 시골 마을, 돌담이 둘러친 돌담집 'Books stay 민박'이다. 알려준 현관 번호 키로 문을 열고 방에 들어갔다. 작은 독서실과 부엌 시설을 갖춘 아담한 숙소다. 신문과 TV가 없는 비대면 체크인/아웃 숙소다.

방에 들어가 환기를 하려고 창을 여니 텃밭이 있고, 귤 나무에서 종달새가 "지지배배" 노래를 한다. 아, 얼마 만의 노고지리 새소리 인가. 돌담에는 표주박이 싱싱한 몸매를 자랑하고, 밭가에서 호박꽃이 노랗게 웃는다. 호텔에서 볼 수도 느낄 수도 없는 정경이다. 전원에서 묵게 되어 옛 시절의 추억을 느끼니 고단함을 잊게 되었다. 첫날

밤은 총총한 별과 밝은 달을 보고 단잠을 잤다.

동창이 밝자 노고지리가 기상 노래를 부르며 이방인을 깨운다. 창을 여니 상큼한 냄새가 얼굴에 와닿는다. 텃밭 주인이 풀을 뽑아 주위를 정리하고 간 모양인데 비대면 숙소인지 만날 수 없었다.

서둘러 성산포 부근에 가서 해장국을 들고 성산봉 정상에 올라 남쪽 하늘의 일출을 보니 색다른 감회를 느낀다. 노구老軀를 이끌고 여기까지 왔으니 제발 어르신이 되게끔 마음속으로 빌었다. 하산하여 삼나무 숲 '사려니 숲길'로 향했다. 30년 전에 왔었는데 여전히 아름다운 숲길이었다. 사람들과는 거리를 두더라도 오랜만이니 나무들이 더 가까이 오라고 손짓한다.

제주도 서쪽 무인도인 차귀도遮歸島로 향했다. 깎아지른 듯한 해안 절벽과 기암괴석이 보는 이를 압도하고 섬 중앙은 평지다. 세계 지질 공원과 천연기념물로 선정될 만하다. 섬이 마치 붕~ 떠있는 부표 섬 같으며, 붉은 흙 바위, 마그마가 분출되어 흘러내리다가 굳어진 장군 바위, 수많은 야생화, 청포 빛 바닷물이 절경을 이룬다.

중국 송나라 호종단胡宗旦이 이 섬에서 중국에 대항할 큰 인물이 나타날 것을 염려하여, 섬의 수맥과 지맥을 자르고 돌아가다가 매바위에서 돌풍을 만나 침몰했단다. 옛날이나 지금 중국의 속셈은 여전하다. 차귀도 기암괴석에 중국발 쓰레기가 쌓이는데 3개월마다 청소를 하는데 고역이란다.

섬에서 자라는 방풍나물 잎이 커서 바람에 부채질하고 있다. 옛적에는 7가족이 살았다는데 1973년에 육지로 이주했고, 지금은 농사짓던 밭과 집터, 빗물 저장고, 맷돌, 장독만이 남아 욕심 없이 살았던 흔적을 볼 수 있다. 밤에는 조명이 없는 섬이니 푹 자고 자라는 야생 초들이 한결 싱그러워 보인다.

섬 주위는 어종이 풍부하여 다양한 대물낚시로 강태공들이 몰려들며, 섬의 절경을 찾는 관광객이 많다고 한다. 낙조는 환상적이란다. 돌아오는 길에 제주대학에 있는 박 박사를 만나 흑돼지 요리 만찬을 하며 재미있는 담소를 즐겼다.

다음날 우도를 탐방했다. 처음 가보는 섬이었는데 생각보다 아름다운 보물섬이었다. 바닷물이 에메랄드빛이고, 해변은 퇴적물의 색깔에 따라 다채로운 색을 띤다. 멀리 보이는 곳에서 해녀들이 해산물을 채취하고 있다.

여정에 지친 몸을 풀려고 제주제일 참숯가마를 찾았다. 3층 건물로 모든 절차가 비대면이고, 마스크를 쓰고 참숯가마에 들어가야 했다. 평소 같으면 가마와 휴식터는 수다쟁이들 점령 터인데 마스크 자갈을 물리니 떨어져 눈만 멀뚱거린다. 식당의 주문과 배식이 비대면이니 조용하다. "뭉치면 죽고 헤치면 산다."란 새로운 명언이 나올 만하다.

비대면으로 시작하여 비대면으로 끝나는 비대면 여행이었다. 코로나가 준 선물(?)인지 모르지만 비대면 생활 방식이 일상생활에서 뿌리를 내릴 것 같다. 어서 적응하여 불편을 벗어나야겠다는 생각이 앞선다.

치산치수

수술 3개월 만에 혈액 검사와 CT 촬영을 하여 진단을 받았다. 조마조마했는데 정상적으로 회복 중이라는 진단 결과를 받았고 전이가 안 되어 가슴을 쓸어내렸다. 들뜬 기분에 여행을 떠나 볼까 했지만 좀 더 안정이 필요한 듯싶었다. 여느 때 같으면 아내와 함께 상의할 텐데, 그놈의 코로나 때문에 엄두를 못 낸다. 실은 제주도를 다녀온 지도 얼마 안 되었다.

그래도 기분 전환은 해야지. 오랫동안 만나지 못한 K군 얼굴이 떠오른다. 호쾌한 웃음이 들리는 듯하여 열일 제쳐 놓고 달려가고 싶다. K군과는 일산으로 이사 오면서 알게 되었고, 아내와 K군의 부인은 고교 동문이며 아들끼리는 고교 동창이다. 내가 인천에 근무할 때 K군의 직장도 인근에 있어 가까이 지냈던 사이다. 그런 K군이 갑자기 지병으로 지체부자유 장애인이 되어 고향 통영으로 귀향하였다. '가고파' 노래를 부르며 헤어진 지 5년. 강릉 경포대와 다도해 통영을 함께 가자며, 일산 호수공원을 거닐 때가 그리웠다.

아들이 4박 5일간의 여름휴가를 얻어 지리산 피아골로 갈 계획인데 아내가 함께 가자니 지화자다. 이왕이면 통영을 거쳐 가자고 제의했더니 좋단다. 성수기라서 숙소는 서둘러 예약해 안심이 되었지만, 머무를 곳에 계속 비가 오고 있다. 중부권에 호우주의보가 내렸지만 경남 지방은 비가 오지 않는다기에 7월 30일 6시 통영으로 출발했다. 장마철을 대비하여 치산치수 하듯이 수술 회복 기간에 안정을 취해야 했지만 강행했다.

전조등과 비상 깜빡이를 켜서 저속 안전 운행을 했다. 대전 통영 간 고속도로에 진입하여 대전을 지나는데 비가 점점 세차게 내린다. 퍼붓는 비를 와이퍼가 감당을 못할 정도다. 구멍 뚫린 하늘에서 쏟아지는 장대비가 승용차 지붕을 강타하니 깜짝깜짝 놀라 졸릴 틈이 없다. 세숫대야로 퍼붓는 폭포와 앞차의 물보라가 시야를 가리니 긴장의 연속이다. 인삼랜드 휴게소에서 숨을 돌리려 들러 겨우 주차를 했다. 아들이 운전을 하고 있었지만 앞 좌석에 앉아있는 나는 불안하기만 했다. 잠시 휴식이 필요했다.

국지성 호우 물세례를 맞으며 달리는 차들은 노아의 방주다. 산을 절개하여 만든 도로여서, 법면의 토사가 빗물과 함께 배수로를 넘쳐 도로를 덮치니 도로는 삽시간에 아수라장이 되고, 머플러에 물이 들어가기 직전이다. 낭자한 위급 수술 환자의 정황 같다. 과거 기상 통계에만 의존한 치산치수 때문에 맞는 물벼락이다. 폭우 속에서 터널을 만나니 그리 반가울 수가 없다. 피난처에서 좀 쉬었으면 좋으련만

뒤따르는 차량들이 생명을 다투는 앰블런스 행렬이다.

대관령 터널을 뚫어 영동고속도로를 개통한 후 태풍 루사가 왔을 때, 물 폭탄으로 피해가 심한 것은 터널 때문이었다고 했다. 대전 통영 간 고속도로 터널 관통으로 억수 같은 호우가 내리는지 모르지만, 터널이 많아 천만다행이었다. 난생처음 물세례 돌파 끝에 7시간 걸려 통영에 도착했다. 초주검이었다.

여장을 풀고 K군과 약속 장소에서 6년 만에 상봉했다. 변함없는 온화한 모습을 보니 여기까지 달려온 보람을 느꼈다. 그의 자택에서는 통영 항과 다도해가 보인다. 보이는 풍경을 화폭에 담은 작품이 벽에 펼쳐져 있었다. 꿈에도 그리운 고향에 온 심정을 이해했다.

담소를 나눈 후 헤어져 우리는 케이블카를 탔다. 통영시와 다도해를 한눈에 볼 수 있어 좋았다. 한산도 앞바다에 한산대첩이 눈에 아른거린다. 그날 밤 잠자리에 거북선이 물 폭탄을 뚫고 포효하는 꿈을 꿀 것 같았다.

조식 후 거제도 포로수용소를 탐방하고, 남단 해금강을 찾았다. 우리나라 남단, 또 하나의 해금강과 만물상을 대하니 자랑스럽다. 아름다운 금수강산! 다음날 K군과 아침을 같이하고 다음을 기약하며 아쉬운 작별을 했다.

피아골 '학술림' 숙소에 도착하여 여장을 풀었다. 피아골 계곡은 장마로 흙탕물이 흘러 본래 모습을 볼 수 없었다. 쌍계사를 돌아보고 화엄사를 갔을 때 정원 상사화가 오랜 장마에 지쳐 야윈 얼굴로 "왜 이제 오십니까?"라며 비 눈물을 닦는다. 아, 먼 업보를 돌아 마주치는 첫사랑의 얼굴이여! 가슴 저리다.

다음날 새벽에 아들과 아내는 노고단으로 출발하고 나는 숙소에 남아 휴식을 취하고, 학술림 산림관에 설치된 지리산 서식 나무의 표본을 관찰하던 중 촘촘한 나이테를 수놓은 자귀나무가 눈에 들어왔다. 외가 마당가의 나무 그늘에서 꽃향기를 맡았던 자귀나무다. 그 시절이 그리워 자리를 뜰 수 없었다.

아들과 아내가 돌아와 인근 사성암四聖庵으로 향했다. 원효, 의상, 진각, 도선 대사가 수도하여 4성암이라고 하는데, 해발 530m로 주차장에서 올라가느라 헉헉댔다. 정상에 오르니 구례 평야가 한눈에 들어오고 섬진강이 굽이쳐 흐르고 있었다. 강 수위가 높아져 범람 걱정이 되었다. 4성이 치산치수 비법을 마련했을 터인데, 우리가 떠난 다음날 섬진강이 범람할 줄이야.

여전히 중부 지방에 호우주의보가 발령되어 안전한 도로를 택하여 집에 도착하니 장장 8시간이 걸렸다. 피서는 제쳐놓고 들르는 곳이 많아 무리였지만 잊을 수 없는 물세례 속에 치산치수가 무엇이고, 내 몸의 당면 과제가 무엇인 지를 다시 한 번 절감했다.

코로나를 체계적으로 방역하듯이 기상 이변으로 인한 호우 대안은 상식적인 치산치수라고 본다. 내 몸을 진단하여 치유하듯이, 미래를 내다본 치산치수가 아름다운 금수강산의 든든한 길잡이가 아니겠는가.

내 얼굴이 어때

동그라미 그리려다 무심코 그린 얼굴에 평지풍파가 일었다. 밤에 자는데 다리에 쥐가 내려 주물러 가라앉히느라 법석을 떨었다. 아침에 눈을 뜨니 왼쪽 볼이 실룩거리며 떨린다.

7월 장마가 끝나 햇볕이 나기에, 중앙 경의선으로 팔당에 다녀오며 찬바람을 많이 쏘여 그런지, 몸이 욱신거려 일찍 잠자리에 들었는데 쥐가 가자마자 얼굴에 반갑잖은 손님이 찾아 온 모양이다. 따뜻한 물로 얼굴을 씻고 온찜질을 하니 가라앉는 듯했다. 하루가 지나자 입을 제대로 다물 수 없고 물을 마시니 왼쪽 입술로 샌다.

거울을 보니 입이 삐뚤어졌다. 왼쪽 얼굴이 약간 붓고 말이 어눌해졌다. 구안와사 '사랑방 손님'이 오신 것이다. 당황스러웠다.

간암 수술을 한 후 회복 중이었는데, 신경 계통의 이상이나 바이러스 감염으로 안면마비가 발생한 것으로 여겨졌다. 할 수 없이 손님을 모시고 다닌다. 한의원에 갔더니, 기가 쇠약해져 침 치료는 무리라

해서 한방 물리치료만 했다.

다음날 신경과 병원에서 안면 신경 조직 검사를 했다. 신경 조직이 파괴되었다며 원인은 복합적이란다. 약 처방전을 주며, 물리치료를 받으라고 한다. 일그러진 얼굴에 발음은 더욱 어눌해졌다.

간 수술, 사시, 안면 마비. 다리 경련을 동시에 겪는 4중고다. 간 기능 저하로 면역력이 떨어진 결과로 느껴졌다. 간이 정상화될 때까지 투병을 할 수밖에 없다. 눈과 입의 감각이 시원치 못하니 답답한 하루의 연속이다. 그야말로 체면이 말이 아니다. 난데없이 '백치 아다다'가 되어버렸다.

얼굴은 몸의 표면 중에서 가장 많은 변화가 일어나는 곳으로서 건강을 가늠할 수 있는 척도인데, 그 얼굴이 야릇한 인상으로 돌변한 것이다. 분장한 얼굴이라고 얼버무릴 수 없으니 신세타령이라도 해야 하나.

얼굴이 삶의 전체이다시피하여 평소 일어나자마자 세수와 면도를 하며 바르고 마사지를 하는데 그럴 필요가 없어졌다. 누가 봐도 완연한 병자다. 코로나로 다들 마스크를 쓰니 얼굴을 감춘 티가 덜 날 뿐이다.

의사 전달 체계가 마비 상태다. 눈인사도 할 수 없고 말이 어눌하니, 안부 인사도 상냥하게 할 수 없다. 메시지를 보내고 전화기만 바라보는 딱한 처지에 놓이게 되였다. 한번 망가진 세포가 온전하게 되는 데는 상당 기간이 걸린다는데, 반갑지 않은 '사랑방 손님'을 언제까지 모셔야 할지.

웬 낯선 사람이 거울 앞에 있다. 눈썹에 내린 서리가 봄이 오면 녹을 줄 알았는데 잔설같이 남았고, 볼에 검은 재가 묻어 있다. 비틀어진 입으로 웃으니 야릇한 모습이다. 사시가 된 눈으로 찡긋하니 입도 덩달아 따라 한다.

눈에 이상이 생기고 입을 함부로 열 수 없으니 오로지 귀에만 의지한다. 사랑방 손님의 경청하라는 요구를 받아들이고 겸손의 의미를 되새긴다. 말을 안 하니 집안이 조용하다.

언젠가 말더듬이 사랑방 손님이 찾아와 도리도리 짝짜꿍으로 보낸 적이 있는데, 이번에 찾아온 사랑방 손님은 언제 가시려나?

'풍선효과' 라는 제하의 수필을 쓰는데, 내 얼굴에 풍선효과가 나타나는 게 아닌가? 여기가 잠잠해지면 저기가 말썽을 피운다. 그야말로 사투다. 거울 보기가 두려워 아내한테 얼굴을 보이니 고개를 갸웃거린다.

하늘이 나에게 눈의 사시와 구안와사 시련을 안겨주고, 귀는 그대로 둔 까닭이 있는 것 같다. "눈이 멀면 마음으로 보고, 말이 어눌하면 수화나 필담을 하며, 장애인과 아픈 자의 마음을 두루 헤아려 체험하라."라는 것인가.

수필이 나와의 대화이니 글 쓰는 것을 유일한 낙으로 삼았다. 바깥바람을 쐬러 엘리베이터를 타니, 숫자 아래 있는 점자點字가 나를 응시한다.

사랑방 손님을 홀대하지 않고 정중히 모신다. 마사지하고 따뜻한 찜질을 하며 약을 복용하니 차츰 좋아진다. 3개월 동안 병원을 다니며 치료를 했다.

일주일이 멀다 하며 수필 한편 씩을 완성하니, 형용하기 어려운 희열을 느꼈다. 다이돌핀 효과인가. 점차 다리 경련이 사라지고, 구안와사도 치료되니 사랑방 손님은 떠나갔다. 눈도 정상이 되어 10월 하늘이 높고 푸르다. 바깥 세상을 마음껏 다니고 싶은 생각에 문득 다산 선생의 영수석詠水石 절구絶句가 떠오른다.

샘물 마음은 언제나 바깥 세상에 있어　　泉心常在外 천심상재외
돌 이빨이 제 아무리 가는 길 막더라도　　石齒苦遮前 석치고차전
천 겹 험한 길을 이리저리　헤치고서　　　掉脫千重險 도탈천중험
깊은 골짝 벗어나 평탄한 곳으로 달려가네　夷然出洞天 이연출동천

거울 속 눈동자에 눈물이 맺힌다. 인공 눈물이 아니다. 앞으로 옆으로 보아도 본연의 내 얼굴이다. 얼굴이 돌아왔다. "여보!" 소리를 지르며, 아내한테 얼굴을 내민다. "내 얼굴이 어때?"

눈이 보배

눈의 반란인가. 아침에 일어나니 눈이 침침하고 시야가 흐릿하다. TV를 보니 모든 게 겹쳐 보이거나 한 개가 둘로 보인다. 잠시겠지 했지만 시간이 지나도 여전하다. 시각에 변동이 생긴 거다. 눈이 보배인데 겁이 덜컥 났다. 부랴부랴 일산병원 안과를 찾았다. 1월 10일이었다.

기본 시력검사를 하고 전문의에게 진찰한 결과는 사시斜視로 판정되었다. 지금까지 1.5 시력이라 남들이 송골매의 눈이니 천리안이니 했는데 믿기지 않았다. 풍으로 발생할 수 있는데, 원인을 확실히 알아야 치료가 가능하니 머리 MRI를 찍었다.

3일 후에 결과를 보러 오란다. 날벼락이다. 집에 돌아오는데 약간 어지러워 천천히 걸었다. 길바닥이 경사지게 보이고 높낮이가 뚜렷하지 않았다. 별별 생각이 들었다. 급기야는 자가 진단으로 오른쪽 눈을 감고 왼쪽 눈으로 물건 위치를 정하고, 왼쪽 눈을 감고 오른쪽 눈으로 보니 높이가 다르다. 몇 번 해 봐도 마찬가지다.

두뇌가 어긋난 초점을 합성하려 하니 어릿어릿하고 어지러운 듯싶었다. 눈의 총기가 사라지니 그저 멍하니 있을 뿐이다. 옥상에 올라가 하늘의 별을 보니 북극성이 하나가 되었다 둘이 되었다 하며 깜빡거린다. 눈을 감으니 셀 수 없던 무수한 별들이 쏟아진다. 어두운 허공을 보니 물건이 겹쳐 보이지 않아 좋다. 눈 만은 걱정 없다며 자랑스러워 했었다.

그간 눈이 혹사당했다고 심술을 부리는 것은 아닐 터이고, 그저 나의 유효기간이 다 되었음을 알려주는 것인가, 아니면 세상이 어수선하니 차라리 보지 말라고 말해주는 것인가! 어둠 속이 그저 편하기만 했다. 눈이 제구실을 못하니 모든 게 어설프고 동작이 굼뜨고 부자연스럽다. 집중이 안 되니 글쓰기도 시원찮다. 문장을 작성하여 문법에 맞추어 보면 오자誤字 투성이다. 야구나 탁구 선수였다면 선구안이 엉망이어 퇴출당했을 게다.

3일 후에 촬영 결과를 보니 두뇌는 이상이 없다. 풍이 아니어서 다행이었으나, 왼쪽 눈 동공을 움직이는 다섯 개의 근육 중 아래 근육이 커진 것이 발견되었다. 그로 인해 초점이 위로 올라간 것이다. 근육이 커진 원인은 갑상선 호르몬 체계의 이상일 수 있으니 혈액 검사를 했다. 검사 결과는 갑상선 항체 이상으로 판정이 났다, 갑상선 항체가 안정되기 전에는 수술이 불가하여 기다리는 수밖에 없었다. 한 달에 한 번 혈액 검사를 하며 결과를 지켜보았다. 엎친 데 덮친 격으로 3월에 간암으로 쓸개와 간 절제 수술을 받았다.

시력이 떨어지며 원근 구별이 안 되었다. 도로가 기울어지고 사물이 비뚤어지고 겹쳐 보인다. 점점 시야가 어른거리고 어지럽다. 주차하다가 옆 차와 부딪쳐 수리한 후, 더 이상 운전할 수 없었다. 보고 싶으면 보아야 하는데 눈이 어리어리하니 순간 포착은 어림도 없다. 천정 등 중에 하나라도 나가면 어두침침하다고 당장 새 전구로 갈아 끼웠는데 그럴 필요가 없어졌다. 눈먼 사람이 되어가니 마음마저 어둡다. 호수 공원 인공 폭포에 무지개가 피었다고 기뻐하는데, 내 눈에는 얼룩진 반원만 보였으니 자연이 빚어내는 아름다움을 볼 수가 없다.

서예실에서 사군자 치기는 아예 접었다. 글을 읽는 것도 돋보기를 쓰니 어지럽다. 정자가 아닌 글체를 쓰면 괜찮겠지 했지만 서체의 아름다움은 고사하고, 줄이 자꾸 삐뚤어진다. 다리에 경련과 쥐가 나고 급기야는 안면마비로 와사증까지 발생하여 시달렸다. 코로나로 마스크를 쓰니 삐뚤어진 입을 가려 보이지 않을 뿐이다. 4중고가 동시에 발생하여 머리가 돌 지경이다. 그중에 눈으로 인한 시련이 가장 견디기 힘들었다. 하늘이 나를 버리는 듯싶었다. 이목구비 중 귀와 코는 멀쩡하여 소리를 듣고 냄새를 맡을 수 있으니 그나마 다행스러웠다.

눈으로 보이지 않으면 마음으로 보자고 스스로를 달랬다. 수필집 발간에 전념하다 보니 시간이 훌쩍 지나갔다. 어두운 여름을 지나자 갑상선 항체가 안정되었다. 간의 회복 덕분인 듯싶었다. 드디어 9월 24일, 동공 근육 수술을 받았다. 한 해에 간 절제 수술에 이어 두 번째 수술을 받는 신세다. 눈을 안대로 가리고 마스크를 했으니 이목구비 중 귀만 가리지 않은 신세다.

집에서 안대를 풀고, 한 쪽 눈을 가리며 자가 진단을 하니 두 눈 초점의 높낮이 간격이 좁혀졌다. 시련이 끝나고 광명을 되찾을 것 같아 하늘에 감사했다. 눈이 충혈되었지만 선글라스를 끼고 멋을 부려본다. 한 달 만에 충혈이 없어지며, 사시는 사라지고 기적같이 시력이 돌아왔다. 10개월 만에 돌아온 눈동자! 세상 모든 것이 비뚤게 보였는데 자연의 아름다움을 볼 수 있다. 안면 마비와 구안와사, 다리 경련이 치료되고 간이 회복되고 있으니, 4중고의 마침표를 찍을 날만 남았다.

오랜만에 거울을 보니 좀 더 가까이 오라고 한다. '똑바로 보여? 너의 눈으로 봐."라는 듯하다. 눈동자에 눈물이 글썽이다 끝내는 감사의 눈물이 흐른다. 눈물이 멈출 때까지 거울을 닦고 닦아도 눈물이 가슴으로 떨어진다.

빈 배를 타려고 외쳤듯이, 한바탕 외친다. "거기 누구 없소? 내 눈이 돌아왔소 내 눈. 몸이 천 냥이면 눈은 구백 냥. 눈이 보배요. 눈이 보배!"

제2장

잃어버린 가방

잃어버린 가방

— CCTV 작동 중 —

요즈음 우리나라에서 남의 물건에 좀처럼 손을 대지 않는다. 다시 그 자리에 가보면 잃어버린 물건이 그대로 있다. 버스나 전철에서 잃어버린 물건들은 잘 보관하여 찾을 수 있다. CCTV 덕분이다. 좋은 세상이 되었다.

혹 물건을 잃어버려 쩔쩔매는 경우가 종종 있다. 평소에 애지중지하던 소지품을 잊어버리면 허탈감에 빠져 하루 종일 멍하다. 지갑이나 휴대폰을 분실하면 그보다 난감한 것은 없다. "내가 왜 이러지?"라며 동선을 잘 생각하여 찾아보면 잃어버린 물건이 주인을 기다리고 있다. 물건을 찾은 날은 행운이 깃든 날이다. 찾지 못하면 적선한 셈 치는 것이 현명한 치유법이다. "누군가가 유용하게 쓴다면 되었지 무얼 더 바라겠는가?"라고 해야 하는데 그렇지 못한다.

며칠 전 밤중에 아내한테 전화가 왔는데, 분실한 전화기를 찾는 방법을 알면 알려달라는 것이다. 여북 답답하면 밤중에 전화를 했을까.

곧장 경찰에 신고하라고 했다. 전화기를 끄지 않으면 위치 추적이 가능하여 찾을 것이라고 안심시켰다. 손바닥 보듯 주파수 추적 덕분이다. 법석을 떨기가 그랬는지, 신고를 안 하고 곰곰이 동선을 생각하여 주말농장에서 찾았다는 소식이 며칠 후 왔다. 만일 찾지 못했다면 전화기에 내장된 것을 복원하는 데 애를 먹었을 텐데 다행이다.

호수공원에서 수필 야외수업이 있었다. 벤치에서 수필을 낭독하며, 호수에 담긴 가을 정경을 만끽하고 쌀밥집으로 이동했다. 초청한 분이 시간에 맞추어 오기로 되었는데 도착하지 않았다. 좀 있으니 노인복지회관에서 탁구 가방을 잃어버려, 찾느라 늦겠다고 한다. 화장실에 들어가면서 가방을 의자에 두고 갔다 온 사이 없어져 신고했다고 한다. 탁구 라켓이 한두 푼도 아닌데 다들 걱정을 한다. CCTV가 있으니 곧 찾을 거라고 했다. 아니나 다를까 CCTV 검색으로 탁구 라켓 가방을 찾았다고 연락이 왔다. 형사 콜롬보가 따로 없다. 간혹 식당이나 마트에서 계산을 하고 나왔는데 지갑이 없다. 당황하여 다시 가서 찾은 적이 있지만, 없을 경우 CCTV를 검색하면 지갑을 주머니에 넣는 장면을 확인할 수 있다. 평소 앞주머니에 넣었는데 안주머니에 넣어 해프닝이 일어난 것이다. 나이 들면서 건망증이 친구를 하자며 들락거려 곤혹스럽다. 요즈음 CCTV가 한 몫을 톡톡히 한다. '여인 안심 귀갓길'에는 CCTV가 든든한 보안관이다. 명절 때마다 쓰레기 무단 투기를 단속하는 3D CCTV를 설치하여, 환경 파수꾼으로서 한 몫을 한다.

고향에서 농사를 짓는 형님께서 농작물 도난 방지를 하소연한다.

좀도둑이 아니란다. 'CCTV 작동 중'이라는 팻말을 권유하자 즉시 설치했더니 그 이후 도난이 없어졌다고 하신다. 도둑놈이 CCTV가 무엇인지 몰랐다면 무용지물이 될 뻔했다. 시골 외진 곳의 집을 비울 때는 'CCTV 작동 중'이라는 표지판을 설치할 만하다. CCTV는 방범의 사각지대를 없애는 방범 지킴이 노릇을 톡톡히 한다. 카메라를 노출시키지 않고 설치하면 몰카가 되지만 보이도록 설치하고 전광판으로 주의사항을 알려주면 문제가 없다.

가게나 마트에 들를 때는 우선 CCTV가 설치되어 있는지 살펴보아야 한다. 불법 정차 과태료를 문 적이 한두 번 아니다. 좀 싸게 살려고 잠시 정차, 머뭇거리다 10분 초과하여 과태료를 물게 되었을 때가 억울했다. 세금이 모자라 과태료로 충당하는가? 열이 올라 불평하지만 공공질서를 위해서는 어쩔 수 없지 않은가. 다만 주차장 없이 영업을 하는 게 못마땅했다.

밤낮 전천후로 CCTV는 범죄 없는 세상을 만드는 데 기여하고 있다. CCTV 작동 중이라는 표지판을 보면 든든하다. CCTV가 없던 1980년대 해외 출장을 가다 여권이 든 가방을 잃어버렸다. 가방에 꿈을 가득 담아 오려 했는데 그 가방을 잃어버렸으니 꿈을 잃어 버린 격이다. 곤혹을 치른 잊지 못할 추억을 씹는다.

여행자 증명서

해외 출장을 가게 되었다. 설비 투자를 위해 독일 H 철강회사를 방문하는 출장이다. 미국 뉴욕을 경유해서 가는 경로로 전무님과 동료한 명이 동행하게 되었다. 독일이 통일되기 전이었다.

기계, 전기, 금속 분야에서 선발된 팀이다. 특수강 설비의 규모와 제품 품질을 조사하기 위한 일정을 사전 미팅으로 준비했다. 전무님이 독일어에 능통하므로 소통에는 걱정이 없었다.

태평양과 대서양을 건너, 독일은 처음이어서 가슴이 설렜다. 무사히 일을 마치고 귀국하기를 바라며 김포 공항에서 탑승하여 12시간가까이 걸려 뉴욕 JFK 공항에 도착하였다. 국력이 없으니 도착 위치가 공항 맨 끝이다. 짐을 찾아 독일 항공편에 부치는데 거리가 멀고시간이 걸렸다.

수속을 하는데도 내국인과 차별 대우를 하는 것 같아 약소국가의설움을 느꼈다. 한 아주머니가 고춧가루를 반입하려다 마약범으로 취급되는 것 같아 안타까웠다.

시간이 많이 남아 KAL 측에서 KLM 라운지에서 쉬도록 배려해 주어 고마웠다. TV를 향한 탁자 의자에 셋이 앉아 미식축구 중계를 보았다. 흥미진진하여 보느라 정신이 빠졌다. 시차와 여독으로 깜빡 잠이 들었는데, 탑승 시간이 되어 일어나니 뒷좌석에 놓은 손가방이 없다.

이 무슨 날벼락인가. 주위를 돌아봐도 없다. 황당하고 난감했다. 선진국 국제공항, 더군다나 라운지에서 이런 사건이 발생하리라 꿈에도 생각 못했다. 증발된 것은 아니고 누군가 갖고 간 것이다. CCTV만 있어도 이런 일은 일어나지 않았을 텐데 귀신이 곡할 노릇이다. 큰일이었다.

순시 경비원에게 사정을 말했더니 KAL에 신고를 하라는 것이다. 탑승 시간은 촉박한데 당장 뾰족한 수가 없었다. 뉴저지에 거주하는 동서가 있기에 일행에게 연락처를 알려주고, 마침 회사에서 뉴욕 지사에 근무하다 퇴직하여 뉴저지에 거주하는 장이사님과 통화가 되어 KAL 사무실에서 만나기로 했다.

짐은 이미 부쳤고, 항공 티켓과 돈지갑은 상의 안주머니에 넣어 봉변을 면했다. 탑승구에서 다시 만날 것을 기약하고 헤어진 후 나는 혹시나 하는 가느다란 기대감에 넝마주이가 되어 쓰레기통을 죄다 뒤졌다. 가방에 돈이 없으면 쓰레기통에 버릴 줄 알았으나 있을 리 없다.

KAL 사무실은 근무 시간이 끝나 문을 닫았다. 불 꺼진 사무실 앞에서 기다린 지 얼마 안 되어 장이사가 헐레벌떡 뛰어왔다. 처음 만났지만 나를 알아보고 걱정 말라고 위로하니 진정 고마웠다.

저녁이나 먹으러 가자며 한인 식당가로 안내했다. 맥주를 한잔 기울이며 서울 얘기를 묻는데 무어라 대답했는지 기억이 안 난다. 저녁을 먹는 둥 마는 둥 했다. 내일 아침에 영사관에 가서 여행자 증명서를 신청하라고 한다.

마침 회사에서 근무했던 K군이 전직하여 거기서 근무하기에 급행으로 부탁하겠단다. 원군이 또 한 명 늘었다. 연락을 받은 동서가 와서 장 이사와 헤어졌다. 서울서 오기 전 시간이 있으면 동서네로 들르겠다고 했는데, 처제를 만나니 너무 반가웠다. 시간 가는 줄 모르며 그간의 생활 얘기를 나누다 밤늦게 잠자리에 들었지만 은근히 걱정이 되어 잠이 안 온다. 내일이 휴일이 아닌 금요일이어서 다행이었다.

아침 식사를 하고 서둘러 영사관으로 가니 K군이 반겨 주었다. 나처럼 여권을 분실하여 여행자 증명서를 발급받으러 온 사람이 열 명이나 되었다. 나는 여권 복사본이 있어 빨리 처리가 되었다. 두 시간 후에 여행자 증명서(TC)를 받았는데, 유효 기간은 한 달, 여행지는 미국, 프랑스, 독일과 국제공항으로 제한되었지만 하늘에 감사했다.

분실된 여권이 타국으로 넘어가 도용될 수 있으니 특별히 조심하란다. 항공사에 연락하니 토요일은 만석이어서 일요일 저녁으로 예매했다. 독일에 도착한 전무님의 전화다. 여행자 증명서를 발급받았고 일요일 저녁 좌석을 예매했다니 그렇게 신속하게 처리되었느냐며 기뻐하셨다. 공장에는 아직 안 들렀으니 만나 함께 가자고 하신다.

이제는 이틀간을 여기서 보내다 일요일 출발하면 되니 만사 OK다. 독일에 월요일 새벽에 도착하면 정상적으로 일을 볼 수 있으니 안심이 되어 오랜만에 가슴을 쓸어내렸다. 주위 공원을 산책하고, 한인 가게도 들러보았다. 한국 시장을 그대로 옮겨 놓아 한인들이 살기에 불편함이 없을 듯싶었다. 골프장이 인근에 있어 모처럼 동서와 라운딩을 했지만 계속 OB다. 어딜 가나 여행자 증명서를 확인하는 것이 버릇이 되었다. 이마저 없으면 완전히 무국적 방랑자다.

독일로 출발하기 앞서 장이사와 K군에게 인사드리면서, 서울서 신세 갚을 기회를 주기를 부탁드렸다. 여권을 잃어버려 당황했는데, 여행자 증명서를 단 시간 내에 발급받아 독일 하늘길로 가게 되어 꿈만 같았다. 여권 가방을 잃어버려 애간장을 태웠는데 H사에서 눈썰미 대도로 변신하여 기술을 습득하기로 작정했다.

독일 공항에 도착하여 입국 수속을 받는데 검역관이 나를 일본 적군파로 의심하는 듯했다. 여권을 잃어버린 배경과 왕복 티켓을 보여주고, 방문하는 하겐 공장의 책임자와 주소를 더듬더듬 독일어로 해명하느라 진땀을 뺐다. 30분 걸려서 검역 대를 통과했다. 전무님과 동료, H사 MR M이 마중나와 이산가족 상봉하듯 나를 맞았다.

녹색 숲(Grüner Wald)

한 눈 파는 사이 여권이 든 가방을 잃어버려 국제 미아가 될 뻔했는데 기사회생으로 만나게 되다니 그 감회는 쉽사리 잊을 수 없을 것 같았다. 입국 심사에 혹시나 해서 방문 회사 담당 직원 Mr M이 공항에 마중 나와 고마웠다.

교외 언덕에 위치한 모텔 숙소로 이동했다. 주인인 노부부가 반겨 맞아준다. 얘기를 들었는지 고생 많았다며 갓 구운 따끈따끈한 빵과 야채수프를 내준다. 나그네를 맞는 정이 넘치는 전형적인 시골 할아버지 할머니다.

조반을 들고 8시에 도시 한복판에 있는 'H 공장'으로 가니 정문에서 반긴다. 공장 분위기는 마치 전원이다. 직원들이 깨끗한 제복을 입었다. 잘 가꾸어진 화단에서는 꽃들이 아침 인사로 활짝 웃는다.

회의실에서 미리 준비한 열처리 관련한 브리핑을 받으니 특수강 제조에 관하여 궁금한 게 많았다. 공장 견학 후 질의응답 시간이 있다니 좀이 쑤셨지만 일정에 따라 기다릴 수밖에 없었다. 설비 견학과 제조 공정, 품질관리 질의 응답 등 3일 간의 일정과 담당자들을 소개받았다.

회사의 경영방침은 '녹색 경영'이고 슬로건은 '녹색 숲'이다. 도시 한복판 공장으로 주민과 공존하려면 당연하겠지만, 직원 모두가 주인정신으로 임하는 자세가 눈에 띄었다. 부러웠다. 언젠가는 우리도 녹색 경영을 펼치고 싶은 마음 굴뚝같았다. 여건을 조성하는 풍토와 제도, 노하우를 알고 싶었다.

브리핑이 끝나자 공장 견학이 있었다. Mr M 옆에 빠짝 붙어서 어설픈 언어로 이것저것 물었다. 공장 내의 환경이 깨끗하여 놀라웠다. 설비마다 분리수거 대가 마련되어 폐기와 재활용을 철저히 분리하여 재활용할 수 있도록 되어 있었다. 천정과 벽체가 먼지로 오염되지 않았고, 설비는 녹 쓴 데를 찾아볼 수 없고 기름이 새는 데가 없었다. 관리 가산점이 크며 주기적으로 실시하는 설비 청정도 유지 심사 점수에 분리수거 점검 점수가 제일 크며, 미달이면 심사에서 제외된다고 했다. 작업복을 집에서 세탁하며 회사에서 세탁하면 세탁비가 만만치 않다고 했다. 화장실에 사용되는 물은 수처리장에서 폐수를 정화한 물을 사용하였고 화장지는 재생지였다.

2차 세계대전의 주역인 독일과 일본의 공통점은, 숲 사랑으로 나무를 심어 헐벗은 산이 없고, 검소와 절약이 몸에 밴 국민성이다. 약속하면 철저히 지키는 신뢰성이 선진국으로 도약하는 발판이 되었다.

연구소에 들렀는데 한동안 자리를 뜨지 않고 실험실 열처리 파이

롯트 설비에 눈독을 들였다. 내가 여기에 온 이유! 그 목표물이 아닌가. "내 눈썰미로 너의 온 몸을 샅샅이 뒤져 훔쳐갈 것이다."라고 혼자 중얼거렸다.

오후 공장 견학 소감과 질의응답 시간이 있었다. 무턱대고 막 물어 댈 수도 없어 나름대로 전략을 짰다. 특수강 생산 품질 관리는 내일 질의하기로 하고 녹색 경영에 초점을 맞추어 여러 가지 질문을 했다. 조경 분야에 집중 질문을 하니 특수강 설비 때문에 출장 온 것인지 아니면 녹색 경영 때문인지 담당자들이 의아하게 생각하는 눈치다. 내가 '대도大盜'인 줄도 모르고.

국가에서 녹색 경영과 녹색 숲을 장려하겠지만, 숲을 아끼고 사랑하는 마음이 애사심에 접목되어 환경을 녹색화 하는 시스템 그 비법을 배우고 싶었다. 땅이 석회질이고 강물이 맑지 않으니 숲을 이루어 정화시키려는 노력이 대대로 이어온 것 같았다. 반면에 우리의 금수강산이 민둥산을 벗어나면 청정 환경은 세계 어느 곳에도 비할 바가 없는 곳이 될 조건을 갖추었으나 목구멍이 포도청이라 국민이 하나가 되어 어떻게 실행하느냐가 문제로 보였다.

비행기에서 내려다 본 산하의 녹색 숲, 무엇보다도 도시와 공장의 녹색 숲이 무척 부러웠다. 쉬는 시간에 파독 광부와 간호사의 애국심을 얘기했더니, 그들의 마음이 열리는 것 같았다. 독일은 대한민국 발전을 위해 조금이라도 도울 수 있다면 좋겠다는 한마디에 가슴이 북받쳤다.

질의 시간에 핵심 기술을 제외한 모든 것을 공개하며 친절하게 자료까지 제공하기에 횡재로 여기며 감사 표시를 했다. 특수강 열처리에 대하여 문외한을 벗어나는 핵심 기술 분야의 질문은 피했다.

하루 일정이 끝나자 Mr M이 우리를 안내했다. 먹자골목에 들렀다. 사람들이 가게 앞에서 생맥주를 즐기고 있다. 돼지 족발 아이스바인과 통돼지 바비큐는 맛이 기가 막혔다. 가격이 저렴하여 실컷 먹고 포장하여 숙소에서 2차를 했다. 지금도 독일이라 하면 아이스바인 족발 냄새가 코끝을 스친다.

저녁 무렵 강으로 안내한다기에 기대를 했더니만, 강인지 운하인지 모르지만 흐르는 물은 뿌연 석회질 색깔이었다. 이런 강물이 좋다고 '로렐라이 언덕' 노래를 애창했다니, 진정 우리 금수강산이 자랑스러웠다.

독일은 라인 강의 기적을, 우리는 한강의 기적을 이루었다. 독일 국민들은 근검절약이 몸에 밴 것 같다. 부지런하며 아침 일찍 일어난다. 숙소 주인은 새벽부터 조식을 준비한다. 회사는 아침 8시 30분에 회의를 시작한다.

재활용품을 애용한다. 화장실 휴지는 물론, 식탁의 냅킨과 직원들의 명함도 재생지였다. 기업이나 국민들이 자원을 아끼며, 녹색 숲을 지향함을 알 수 있었다. 진실한 나무같은 국민성을 본받을 만했고 부러웠다.

대도도 대도 나름

하루 종일 우리를 동행한 Mr M과 함께 숙소로 돌아와 포장한 아이스바인으로 2차를 했다. 그 자리에서 짐 가방에 갖고 온 종갓집 진공 포장 김치 두 봉지를 선물했다. 한국산 김치를 무척 좋아한다며 입을 딱 벌린다. 무엇을 도와주었으면 좋겠느냐며 서슴치 말라고 통사정한다. 내심으로 얼씨구나 하며 대도의 마각을 드러냈다.

열처리 핵심기술인 소재의 성분 조성과 열처리 곡선, 파일럿 설비의 설계가 관심사라 했고 파일럿 설비 견학을 요청했다. 회사의 노하우라 선뜻 허락할 수 없음을 이해한다며 설비투자비 부족으로 떳떳하게 기술 협약으로 할 수 없음을 설토했다. 독일 탄광 막장 광부로서 부탁한다고 했더니 눈시울을 붉히며 힘닿는 데까지 해보겠다며 나를 안심시키고 귀가했다. 내일을 위해 잠을 잤다. 꿈속에서 최근 우리나라의 세목을 집중시킨 대도가 나에게로 다가오며 좀도둑이 되지 말고 대도大盜다운 대도로서 제대로 하라고 한다.

H사 회의실에 출근하자 Mr M이 나에게 휴대용 가방을 선물했다. 고맙기 이를 데 없었다. 기술 자료를 넣기에 안성맞춤이었다. 설비 투자비용에 대해 전무님과 동료가 협의하는 동안 나는 Mr M과 연구소 실험실을 찾았다. 실험실장이 김치 선물을 잘 받았다며 자기 아내가 무척 좋아한다고 했다. 그러니 Mr M이 나보다 한 수 위다.

소재 조성 성분에 따른 인장 실험 곡선표를 제시하지 않는가. 횡재였다. 파일럿 설계도가 없어 미안하다며 문의 사항이 있으면 질문하란다. 30분 동안 샅샅이 살펴보며 파일럿을 홀딱 벗기듯 했다. 눈썰미로 하니 실물은 그대로 있고 흔적이 없다. 좀 도둑이 아닌 대낮의 국제 대도였다.

백문이 불여일견이란 말이 있듯이 듣는 것보다 직접 보며 확인할 수만 있다면 기회를 포착한 자가 되는 것이다. 눈으로 볼 수 없는 내부 구조에 대하여 자세한 설명을 들었다. 그야말로 일확천금이다. 허기진 사람에게는 먹을거리가 눈에 아른거리고, 기술력이 없으면 설계도나 특허 등 지적 소유권은 그림의 떡일 뿐이다.

귀국 전날 밤, 밤잠을 안 자고 보고 들은 것을 깨알 같이 기록했다. 미국에서 가방을 잃어버리고 독일에서 기술을 훔치는 자로 변신한 것이다. 종로에서 뺨 맞고 한강에서 눈 흘기는 좀스러운 자는 되고 싶지 않았다.

가발 수출을 기반으로 영역을 넓히는 수제품들로는 한계가 있었다. 의류 핸드백 등에 소요되는 단추가 많이 필요했다. 고급으로 디자인

한 모양새를 내려면 가공성이 뛰어난 소재 개발이 급선무였다. 또한 자동차 부품 등 다양한 품종을 대량 생산하려는 체제를 갖추려면 가공성이 뛰어나고 내마모성이 강한 특수강 개발이 시급했다.

이를 위한 특수강 열처리 설비가 필요했는데 기술료는 생략하고 설비만 덩그렇 설치하는 격이 되었다. 설비를 시운전하며 기본적인 데이터는 받겠지만 핵심적인 기술 노하우는 어림도 없다. 하드웨어뿐만이 아니라 소프트웨어가 필요했다. 소재 성분 조성에 따른 열처리 곡선 표준이 허기진 자의 쌀이었다.

철강 산업은 신뢰할 수 있는 품질관리로 특수강 제품을 만들어 무기와 군수 물자를 조달했음을 한 눈에 볼 수 있었다. 내마모성이 우수한 특수강을 개발하여, 손톱깎이, 가위를 비롯한 생활용품과 공구 제품 시장을 석권했으니 탐이 났다. 고로 열연 제품의 열처리 과정을 거쳐 가공성이 뛰어난 소재를 생산하는 시스템을 보고, 듣고, 기록하느라 정신없었다. 여행자 증명서로 여기까지 왔으니 대도다운 몫을 톡톡히 해야 했다. 그것도 대도 나름이었다.

3일간을 정신없이 보내고, 파리에서 KAL로 환승하는 에어 프랑스를 탔는데 출발 시간이 자꾸 지연된다. 에어 프랑스에서 내려 공항맨 구석에 있는 KAL로 짐을 찾아가는 시간을 감안하면 환승 시간에 맞추기 어려웠다. 승무원에게 부탁했더니 전화로 교신한다. 짐을 찾아 탑승 게이트로 부리나케 뛰어가니 탑승 종료 5분 전이다. 한데 우리가 늦으니 다른 사람이 탑승했다는 것이다. 이런 법이 어디 있느냐고 항의했지만 막무가내였다. 내일 오전 스위스 취리히에서 KAL을 타라며 취리히행 티켓을 준다.

할 수 없이 취리히행 비행기를 타고 가서 호수 구경도 하며 하룻밤을 보내려고 했다. 짐을 찾아 입국 심사대에 서니 나는 입국 불가란다. 국제공항 내에서만 기거가 허용되니 데일리인(Dailyinn)에서 자란다. 안내인을 따라가서 5달러를 지급하고 키를 받았다. 여권의 위력을 실감했다.

입국 수속을 받던 일행은 동료애를 발휘, 하룻밤을 공항 내에서 함께 보내겠다고 도로 들어왔다. 지하 데일리인은 침대 하나와 여행용 가방을 놓을 자리밖에 없는 창살 없는 감옥이었다. 어쩔 수 없이 가방만 방에 놓고 우리는 공항 빈자리에서 맥주를 마시며 밤을 새웠다. 어슬렁거리며 기웃거리는 유랑민들 때문에 여행자 증명서를 주머니에 깊숙이 넣었다.

다음날 오전에 KAL 여객기에 탑승하니 그제야 마음이 놓였다. 대도의 귀국, 만감이 교체되었다. 창밖에는 구름이 두둥실 스쳐가고 있었다.

돌아온 여권

드디어 서울로 가는 비행기를 탔다. 꿈속에서 여행을 하는 것 같다. 기내 음식으로 오랜만에 한국 음식을 먹으니 꿀맛이다. 위스키 한 잔을 삼키고 우선 한잠 잤다. 코를 골았는지 동료가 자꾸 옆구리를 찌른다. 잠꼬대를 안 하기가 다행이다.

이번 출장에서 잃은 것은 무엇이고 얻은 것은 무엇인가. 꿈속에서 가방을 찾느라 허우적거리다가 그린 발트 녹색 숲속에서 환호한다. 가방을 잃어 국적 없는 미아가 될 뻔했지만 많은 것을 보고 배운 것은 큰 수확이었다. 큰 꿈을 이룰 수 있는 전화위복 계기가 될 것 같았다.

거의 반나절이 지나 김포 공항에 도착하여 수화물을 찾으러 이동했다. 내 짐은 찾았는데 동료의 짐이 보이지 않는다. 수화물이 나오는 것이 끝나 확인하니 취리히에서 부치지 않았다는 것이다. 귀신이 붙었나? 곡할 노릇이다.

동료들은 난감하여 서류 가방만을 들고 귀가했다. 여권을 분실하지 않았으니 큰일은 아니었다. 이틀 후에 주인 없이 뒤늦게 도착한 짐을 찾았다.

나는 서울에 도착하자마자 우선 여권 재발급 신청을 냈다. 대사관에 출두하여 사연을 진술했고 확인서까지 작성하여 신권을 발급받았다. 주민등록증 분실은 동사무소나 경찰서에 신고하면 해결되지만, 해외에서 사용되는 여권은 절차가 복잡했다.

회사에서는 출장 리포트를 작성하여 회람하였고 보고회를 가졌다. 당시 우리나라 특수강 제조 현실은 너무 열악하여 생산된 소재로 칼과 공구를 만들면 문드러지고 쉽게 달았으며, 무기, 자동차 핵심 부품 등을 만들 수 없어 전량 수입에 의존하였다. 대책 회의를 열고 실천 일정을 작성하고, 분야별로 담당자를 정하여 추진하였다.

출장을 다녀온 지 20일쯤 지나 귀가하니 해외에서 봉투가 배달되었다. 뜯어보니 잃어버린 여권이 아닌가. 여권이 제 발로 돌아오다니 어찌 된 일인가. 넝마주이가 되어 공항 쓰레기통을 쥐 잡듯 뒤지던 기억이 떠올랐다. "이놈아. 이제 오면 어떻게 해! 얼마나 애가 탔는데."

한데 여권은 "바보! 어디다 한눈팔다 나를 잃어버렸어? 태평양을 건너 여기를 찾아오느라 만나는 사람들에게 사진을 보여주며, 누구 이 사람을 아는 분 없소?"라며 했단다. 시차를 극복 못한 충혈된 눈에 눈물방울이 떨어진다. 오매불망 사진을 안고 다녔다니 가슴이 멘다. 여권을 만지니 따뜻한 온기를 느낀다.

"함께 다닐 때는 언제고, 돌아오기를 기다려야지, 너의 사진을 품에 안고 지조를 지켰는데, 잠시를 못 기다려 새 장가를 들어? 해도 너무하다. 두고 봐라!" 가슴을 두드리며 원망하는 그 눈초리를 피할 수 없었다. 아! 기다릴 걸 싶었다.

군 시절이 생각난다. 전방 부대에 동기생이 다섯 명 있었다. 어렵고 궂은일 서로 돕고 의지하는 전우다. 쇳조각도 소화시킬 때라 밥 먹고 돌아서면 배가 고팠다. 오후 새참으로 빵이 지급되었다.

탁자에 앉아 빵을 배급받았는데, 그중 독실한 기독교 신자였던 동기는 기도를 한참 드리고 먹었다. 동료들이 그 점을 노렸다. 기도하는 사이 빵을 슬쩍하여 순식간에 먹어치운 것이다.

눈을 떠보니 빵은 간 곳이 없어 선임하사에게 재지급을 요청했으나 돌아온 것은 훔친 자와 잃어버린 자 모두에 대한 기합이었다. 쪼글뛰기 100번. 구호는 "네 빵" 하면 "내 빵"이었다. 처음에는 웃었지만 나중에는 기진맥진한 구호를 들으며 모두 울었다. 그로부터 동료는 빵을 쥐고 기도했다.

귀환한 여권을 폐기치 않고 총무과에 반납했다. 그런데 반납한 여권이 심술을 부리기 시작했다. 푸대접을 받은 데 대한 분풀인지도 모른다.

특수강 설비 투자를 하기 이전 원료 공급사인 일본 N사와 '기술연수 및 기술지도' 협의차 독일 출장 멤버 그대로 일본으로 출장을 가게 되었다. 공항에서 출국 수속을 하기 전에 총무부 직원으로부터 여권을 받아 보니 기가 막혔다.

새로 발급받은 여권이 아니라 폐기해야 할 여권에다가 비자 발급을 받은 것이다. 난감하여 출국 심사에서 여차여차한 사항을 설명했더니 그냥 다녀오라고 통과시켜주었다. 요 주요 인물이 되어 추적하는 줄도 모르고 유유히 출국했다.

일본 입국 심사대에서는 여권에 대한 시비 없이 무사통과되었다. 오사카에 있는 철강회사에서 이틀간 자료 조사를 마쳤고, 저녁 식사로 한인 식당에 들렀다. 조총련계에서 운영하는 식당이란다. 약간 꺼림칙했지만 모처럼 한국말로 주문하고 소통하니 편했다. 북한산 소주도 마음껏 마셔 보았다.

귀국하여 귀환한 여권을 총무부에 반납하지 않고, 기념으로 집에 보관하기로 했다. 곧 다가올 하계휴가를 기다리며, 태평한 마음으로 근무했다. 그런데 그 여권에 유령의 그림자가 따라다니고 있을 줄이야…

눈썰미에게도 한잔

독일과 일본에 다녀온 출장 보고를 했다. 특수강 열처리 설비를 위한 추진 팀이 구성되었고, 세부 공정에 따라 추진하라는 지시가 떨어졌다. 특수 가열로는 독일 H사의 기술 이전 협약에 따라 기술자의 설계 감리로 국산화하기로 했다. 제작 및 설치가 4~5개월 소요되는 공정이었다.

마침 출장 시 동행자였던 Mr M의 편지가 왔다. 파견 기술자 2명 중에 자기가 포함될 것 같다는 낭보다. 그리고 출장 기간 중 제대로 챙겨주지 못해 미안했다며, 번쩍이는 나의 눈썰미를 믿는다고 했다.

특수 가열로가 가동되기 전에 파일럿 시험 설비가 시운전을 마쳐 열처리 곡선을 제공해야하니 발등에 불이 떨어졌다. 정상적인 설계도에 따라 제작하는 것도 아니고 전문 기술자의 기술력으로 진행되어야 하는데 전연 백지 상태다. H사 연구소 실험실에서 눈썰미로 보고 기록했던 것이 전부였다. 전형적인 파일럿 설비를 갖추는 것은 불가능

했다.

국내 가열로 제작사를 방문하여 간이식 파일럿을 만들고 싶다니 설계도를 요구했다. "설계도가 내 눈썰미입니다."라고 하니 아연 실색을 한다. 정색으로 H사를 방문하여 이루어진 정황을 설명하고, 눈썰미와 머리에 기억된 것을 토해냈다. 설계도도 아닌 눈썰미로 본 설비 규격과 제어 방식을 현실로 연결시키는 작업이니 난감한 입장이다. 눈썰미가 전부인데 어떻게 믿을 수 있겠는가.

깨알 같이 쓴 메모와 머리에 기억된 것을 마치 CCTV 저장을 되살리듯 하여 모형도를 작성하고, 가열 방식과 온도 제어 방식을 결정하는데 뜬 구름 잡는 격이었다. 제작사의 설계자는 물끄러미 나를 바라보았다. 오로지 눈썰미에 의한 것으로 당당하게 설명하는 나의 표정에 넋이 빠지니. 걱정 말라고 내가 오히려 안심시키는 장물 대도가 되었다.

다행히 우리나라 중소기업체의 기술력이 상당한 수준에 올라 있음이 믿음직스러웠고 반드시 성공할 것으로 확신했다. 무에서 유를 창조하는 길을 걸어가며 눈이 보배라는 것을 다시 한 번 느꼈다. 한 달만에 파일럿 설비가 완성되어 가슴이 두근거렸다. 설치를 하고 본격적으로 가동에 들어갔다. 온도를 1200도까지 자유자재로 올릴 수 있고, 균열 시간과 냉각 시간을 마음대로 조절할 수 있어 소재별로 가열 곡선 치를 만들고, 가공실험을 했다.

제조업을 운영하려면 가격 경쟁력과 품질보장, 납기가 기본 조건인데, 가공성 면에서 가공이 까다로운 심가공을 할 수 있는 소재라면 금상첨화다. 예로 단추 하나를 보더라도 제품의 형상이 굴곡과 굽힘 변형을 해야 한다면 심가공 소재만이 가능한 것이다.

지금까지는 탄소강으로 가공하는데 끊어짐과 터짐이 발생하여 대량생산은 꿈도 꿀 수 없고 고가의 소재를 구매하기가 하늘의 별 따기였다. 강하면 부러지고 연하면 마모가 심하니 금속 가공의 숙제를 안고 있었다. 강하면서 늘어나더라도 끊어지지 않고 터지지 않는 소재, 겉은 강하고 속은 연한 외강내유의 가공 기술이 필요했다. 이 마술같은 기술을 간이식 파일럿에서 탄생시키도록 'Made in Korea 대도' 짓을 했다. 대도도 대도 나름이었다.

스테인리스강보다 값이 싼 탄소강에 텅스텐과 망간, 크롬 등을 첨가시켜 강도를 높인 특수강을 열처리로 내마모성과 가공성을 보장한다면 부품 산업이나 가공 산업체에 엄청난 가격 경쟁력을 제공하는 것이다. 금형으로 대량 생산이 가능하며 심가공을 할 수 있다. 세탁기와 냉장고 등 케이스를 한 번에 대량으로 찍어내어 용접으로 마무리 도장하면, 생산 공정을 대폭 단축하고 가격, 품질, 납기 경쟁력을 높일 수 있다.

특수강 열처리 설비가 설치되기 전에 파일럿 설비로 열처리에 필요한 데이터를 마련하니 어서 빨리 열처리 설비 가동이 기다려졌다. 열처리 설비도 공기를 앞당겨 3개월 만에 모습을 드러냈다. 드디어 H사로부터 시운전 기술자가 온다는 전갈이다. Mr M에게 답신하며 여권을 조심하라고 너스레를 떨었다. Mr M이 도착하여 파일럿을 보고 입을 다물지 못했다.

눈썰미 기능 올림픽에 출전하여 금상을 받았느냐고 묻는다. 묻는 자나 대답할 자의 가슴은 뜨거웠다. 그랬다. 그 무렵 우리나라는 기능올림픽에 참가하여 연속 1위의 위업을 달성하고 있었다. 나보다 더 기뻐했다. 그날 그이가 좋아하는 돼지고기 두루치기 및 통돼지 김치찌개, 갓김치에 막걸리로 회포를 풀었다.

식사를 하면서 어떻게 기술을 훔쳤느냐고 으름장을 놓는다. 나는 절대로 훔친 적이 없으며 다만 내 눈썰미가 했을 뿐이라고 딱 잡아떼니 파안대소 했다. 눈썰미가 큰 몫을 했으니 대도 눈썰미에게도 한 잔을 권한다.

일요일 Mr M을 수타식 중국집으로 안내했다. 유리창으로 면발을 뽑는 장면을 물끄러미 보았다. 밀가루를 여러 번 반죽한 것을 손으로 늘이고 내려치며, 다시 여러 가락으로 늘여 뽑는 방식은 연금술과 같으니 신기한 듯했다. 만두를 시켜 먹는데 옆구리가 터진 것이 없이 잘 빚어져 매끈했다. Mr M에게 눈썰미로 훔쳐가라고 하니 못 말리겠다며 웃어댔다. 눈썰미로 시작된 식사는 모처럼 맛있었다.

좀 봅시다

업무의 연속성을 위하여 부서마다 조를 짜서 하기 휴가를 실시한다. 비상 연락망을 작성하여 비상시 연락을 취하도록 한다. 삼복더위가 마지막 기승을 부리는 8월 초순, 두 가족이 함께 여름휴가를 떠났다. 애들이 어려서 바다는 못 가고 오대산 계곡을 찾았다.

단골 민박집 아주머니는 반가워 팔을 벌린다. 방 네 칸을 전세 내듯 했다. 고향집과 마찬가지다. 삼시 세끼를 아주머니가 차려 주신다. 앞 냇가에 텐트를 치고 애들은 물장구치며 물놀이를 한다. 큰놈이 바위에 붙은 다슬기를 잡느라 여념이 없다. 신기한 모양이다. 잡아도 누가 말을 안 하니 마음껏 잡느라 옷 젖는 줄 모른다. 그릇에 담아보니 상당히 많았다.

아주머니가 새참으로 찐 찰옥수수와 감자 부침개를 갖고 오셨다. 어른들은 텐트에서 정신없이 들고, 애들은 물속에서 옥수수 하모니카를 불었다. 아주머니가 잡은 다슬기를 보자 바위 사이에 버너를 키고 다슬기를 끓였다.

즉석요리한 다슬기 국물을 마시고, 핀으로 알맹이 빼 먹는 재미가 쏠쏠했다. 시집간 딸이 아직도 그 맛을 못 잊는다고 한다. 그야말로 피서다운 피서였다. 해가 뉘엿뉘엿 질 때 숙소로 돌아오니 서울에서 연락이 왔다며 전화번호를 알려준다. 모르는 번호다. 예감이 이상하다.

전화를 거니 천하를 호령하는 남산 안기부란다. 죄가 없어도 위축이 된다. 용건은 폐기 여권으로 불법 출입국을 했으니 출두하여 해명하라며 "좀 봅시다."라고 한다.

귀환하여 비자를 받고 일본에 다녀온 여권의 분풀인가. 출입국 심사대에서 일본에 다녀오라고 해놓고, 뒤를 밟았는지 찜찜했다. 전화를 끊고 나니 맥이 빠졌다. 입에 살살 녹는 산채나물도 모래알 씹는 느낌이었다. 은근히 걱정하는 아내의 눈치를 못 본 척하면서 남은 휴가를 보냈다.

첫 단추를 잘못 꿰면 계속 잘못되는 꼴이다. 운명의 장난으로 덤덤히 받아들일 수밖에 없었다. 날이 지날수록 불안해진다. 폐기해야 할 여권에 비자를 받은 잘못은 대수롭지 않았지만, 어떻게 보면 의심받을 만했다.

귀에 걸면 귀걸이 코에 걸면 코걸이니, 적군파 관련자로 몰아간다면, 아니라고 항거해야 하니 그게 걱정이었다. 국가 부흥을 위한 해외 출장 중 생긴 일이니 선처를 해달라고 강력히 요구하기로 마음먹으니 다소 마음이 놓였다.

휴가에서 돌아오자 출장을 함께 간 O 군과 총무과 직원 셋이 모였다. 해명할 자료로 출장 보고서, 출장 중에 만난 사람들의 명함, 오사카 조총련계 식당 주소 등을 갖추어 남산으로 출두했다.

분단국가로서 피할 수 없는 비극인가. 실제 위조 여권으로 문제가 발생된 사례가 보도되기도 했다. 남산으로 향하는 발길이 가벼울 리가 없었다. 안내를 받아 취조실에 들어갔다. 으스스했다.

의외로 조사관이 수사를 하게 된 경위를 친절하게 설명했다. 그리고 그간의 상황을 진술하라고 했다. JFK 공항에서 여권 가방 분실, 여행자 증명서 발급, 독일 출장, 귀국하여 신 여권 신청 발급, 잃어버렸던 여권의 귀환, 실수로 폐기해야 할 여권의 비자 발급, 그 여권으로 일본 출장, 조총련계 식당 출입 등…, 한편의 드라마 상영이다.

조사관은 "2차 대전을 일으킨 나라만 다녔네."라고 한다. 여권이 돌아온 경우는 거의 없다며, 날 보고 복이 많은 분이라 한다. 여권 주소를 확인해 부쳐준 성의는 대단했다. 모처럼 애써 부쳐주었는데, 이런 줄 알면 괜한 짓 했다고 후회할 거란다.

일본 적군파로 인해 정세가 어수선하여 수사를 하게 되었다며, 조총련계 식당에서 무얼 들었느냐며 앞으로 조심하란다. 그간 마음의 고생이 많았다며 악수를 청한다. 덧붙여 부강한 국가를 만들려고 애쓰는 노고에 감사드린다고 한다. 그간의 근심 걱정이 봄눈 녹듯 사라지며 눈물이 핑 돌았다. 조사를 마치고 각서를 썼다.

조사관은 돌아와 폐기해야 할 여권이 다시 출국한 사례는 처음이라면서 "이번 일을 계기로 반드시 나라의 좋은 밑거름되는 일을 하십

시오."라고 한다. 아니 각서에 쓰고 싶었던 나의 맹서였다. 조사관은 돌아가는 우리를 바라보며 빙그레 웃는다. 비록 여권 가방을 잃어버렸지만 운이 따라다니는 느낌이었다.

총무과 직원은 한순간의 실수로 이렇게 일이 꼬여 잠을 이룰 수가 없었다며 얼굴을 붉혔다. O군은 덕분에 많이 배웠다며 일이 잘 풀려 다행이라고 위로했다. 원인 제공은 나니까 정말 미안했다. 회사에서는 혹시나 걱정을 했지만 우리는 개선장군처럼 귀환했다. 여권 가방의 분실 사건은 해외 출장에서 벌어지는 사례로, 출장자들에게 주의를 환기시키는 교육 자료가 되었다.

공범으로 몰릴 뻔했던 세 사람은 가끔 만나 대포도 한잔했다. 전화위복. 비 온 후에 땅이 굳어지듯이, 해외 출장에서 수집한 값진 자료를 토대로 특수강 설비 투자를 차질 없이 진행시켰다.

이역만리에서 돌아온 사연 많은 여권을 차마 버릴 수가 없어 집에 보관했다. 해외로 나갈 때마다 그 여권을 꺼내면 "좀 봅시다."라고 한다.

녹색 꿈을

　돌이켜 보면 내가 방문한 독일 H사는 도시 한복판에 있는 녹색 공장이다. 정원 분수가 여름 더위를 식힌다. 새들이 날아와 나무에 깃들여 조잘거린다. 땅바닥은 길이 아닌 곳은 모두 녹색 지대다. 석회석 강물을 끌어와서 정수 처리를 하여 공업용수로 쓴다. 공장은 소음이 없고 냄새와 먼지를 배출하지 않아 지붕과 벽이 깨끗하다. 굴뚝에서 내뿜는 연기는 분진이 없는 무해한 백색이다.

　공장 여기저기에 분리수거 용기가 있어, 수거물을 재활용하며 자원을 아낀다. 공장 실내가 환하도록 천정에 유리판을 설치하여 조명 전력을 절약하고, 통풍, 환기 시설로 쾌적한 환경을 유지한다.

　냄새 발생은 철저히 밀폐하고 물로 흡수하여 폐수처리를 한다. 소음 방지 시설을 부착하여 한마디로 공장은 청정 환경 지대이다. 여권 가방을 잃어버려 JFK 공항의 쓰레기통을 살피던 눈으로 분리수거대를 샅샅이 살펴보았다.

환경 사고를 미연에 방지하는 체계가 완벽해 보였다. 탐이 났다. 안전, 환경 제일주의 실천이 생산성을 보장한다. 그것이 녹색 경영의 본질이고, 품질 제일주의를 이끈다. 체계적이고 조직화 되어 있는 공장을 구석구석 살펴본다.

실패 비용이 발생하지 않고 고객의 감동과 신뢰를 받는 회사가 녹색 경영의 궁극적 목표. 매출은 신장했으나 대형 클레임으로 보상비가 눈 더미 같고, 제품 생산 불량률이 높아 납기를 못 지킨다면 고객 감동은커녕 고객 이탈로 기업은 문을 닫는다. 이와 같은 실패 비용이 발생하지 않는 녹색 경영을 뒷받침하는 녹색 공장을 관찰했다. 당시 우리는 특수강 제품의 대량 생산은커녕 영세성을 벗어날 엄두도 못 냈고, 소재를 고가로 수입했다.

해외여행을 가면 으레 코끼리 밥솥이나 손톱깎이, 칼, 톱, 공구 등을 구입하여 선물하는 것이 유행이었다. 그랬던 우리나라가 기지개를 켜기 시작했다. 우리도 발맞추어 독일과 일본 출장을 다녀온 후 본격적인 행동을 개시했다. 독일 철강 회사와 기술 협력으로 기존 열처리 설비를 개조했으며, 파일럿 설비를 자체 제작하여, 샘플의 가공 실험을 통한 열처리 최적치를 찾아 생산에 적용했다. 품질 불량은 없고, 가공성이 뛰어나 고객의 호평을 받음은 물론이다.

여권 가방을 잃어버려 허망했던 가슴에 녹색 공장의 꿈을 안고 귀국했다. 천우신조였다. 이론과 실제 생산에는 큰 차이가 있다. 현장에서 그 원인을 규명하며 핵심 기술 노하우를 하나씩 차곡차곡 쌓았다. 세계 제일로 도약하는 발판을 마련하는 인프라가 구성되었다.

88올림픽과 2002년 월드컵을 계기로 상상 외로 도약했다. 한강의 기적은 계속되어 세계를 제패한 손톱깎이가 등장했고, 뒤를 이어 쿠쿠 밥솥 등 신제품이 나왔다. 열처리 기업마다 괄목할만한 핵심 기술 노하우로 철강 분야에 새로운 이정표를 세웠다.

국적과 나의 신분인 여권을 잃어버려, 마치 나 자신을 잃어버린 듯했다. 하지만 잃어버린 가방을 대신하여 녹색 공장의 꿈을 안고 돌아온 것이다. 노사가 하나가 되어 공장 내에 반려목을 심는 등 녹색 꿈을 키워, 철강 기업 최초로 정부로부터 친환경 기업 인증을 받았다. 꿈을 꾸는 자에게는 꿈이 이루어지듯이 이국에서 부럽게 여겼던 녹색 공장. 꿈같은 녹색 꿈이 드디어 이루어졌다. 그 꿈과 더불어 이제는 내 몸의 녹색 꿈을 꾸고 있다.

- 잃어버린 여권 가방 추억을 되새기며 -

2021. 4. 18.

제3장

일체 유심조一切唯心造

같이 놀자

"노세 노세 젊어서 노세. 늙어지면 못 노나니 화무는 십일홍이요 달도 차면 기우나니,,." 옛적 형들이 부른 노래를 지금 내가 흥얼거린다. 지금 혼자가 아니면 영영 혼자가 될 수 있다는 엄포 아닌 엄포에, 외출하면 코와 입을 마스크로 가려야 하니 숨쉬기도 말하기도 쉽지 않다. 꼼짝없는 집콕 신세에 좀이 콕콕 쑤신다. 우울증 걸리기 일보 직전이다.

코로나 방역 모범 국가라 자처하던 나라가 확진자 발생이 1,000명을 넘기던 날 눈이 내렸다. 백야白夜다. 걷다가 돌아보니 완연한 내 발자국이 이정표가 되는 듯싶었다. 다행히 눈이 계속 내려 발자취가 사라진다. 옛날 같으면 친구들과 어울려 밤새도록 눈사람을 만들며 놀았을 텐데, 그 추억 속의 눈이 더 오기를 바랐다.

만나면 그저 좋은 친구들이 집에서만 지내니 오죽하겠는가. 유모와 위트, 재치로 상대방을 즐겁게 하고, 같이 놀면서 서로 기쁨을 주고

받는 친구들. 남들이 패거리라 부를지라도 아랑곳하지 않고 흥에 겨워 놀 수 있으니 이 또한 덕목이 크고 복 받은 군자들이다.

놀이가 두뇌 발달에 상당히 기여한다고 본다. 지능지수가 세계에서 가장 높은 민족이 배달겨레다. 예로부터 가무를 즐기는 민족이라고 알려져 왔다. 노래하고 춤추며 풍류를 즐긴 선인들의 피를 이어받은 한류를 타국이 부러워한다. 빌보드 챠트 1위를 연속 휩쓰는 BTS가 하늘에서 뚝 떨어졌겠는가!

88올림픽 개막식. 불 꺼진 경기장에 스포트라이트를 받으며 굴렁쇠를 굴리는 소년이 등장했다. 놀이문화의 진면목을 추억으로 표현한 극적인 장면이다. 찬탄을 금할 수 없다. 그 장면은 화려하지도, 웅장하지도 않았지만, 대한민국 놀이문화의 예술성에 세계인의 이목을 집중시키기에 충분했다. 구르고 구르는 굴렁쇠는 한강의 기적이 헛되지 않았음을 과시했다.

놀이 문화가 세월을 탄다. 흥겹고 기뻐서 엔도르핀이 팍팍 솟아나는 놀이는 오래도록 살아남는다. 전통놀이, 풍물놀이 문화가 바로 그것이다. 즐거움과 화합을 안겨주니 일거양득의 문화다. 혼자 놀기가 둘이 되고, 두셋이 팀으로 불어나 전통놀이의 줄다리기는 많은 사람이 참여한다. 승패를 판가름하지만 단합의 효과가 대단하다.

놀이도 환경의 지배를 받는다. 계절과 장소, 남녀노소에 따라 다르다. 놀이가 진화하여 스포츠로 발전한 사례가 수없이 많다. 옛날에는 노는 자식 밥 주지 마라 했는데, 지금 일류 스타 몸값은 상상을 초월한다.

아기 때의 도리도리로부터 유년 시절의 모래성 쌓기, 공기놀이, 자치기, 팽이 돌리기, 제기차기, 연날리기, 썰매 타기, 굴렁쇠 굴리기, 물놀이는 추억의 놀이다. "꼭꼭 숨어라. 머리카락 보일라." 숨바꼭질은 아직도 내 가슴에 숨어 있다.

놀이도 나이를 먹는다. 초등학교에 가면서부터 눈 오는 날 눈싸움, 음악 시간에 손뼉 치며 노래하기, 체육 시간의 줄넘기, 소풍날의 보물찾기, 술래잡기, 운동회 박 터트리기 등, 놀이가 축제 행사가 되어 볼거리와 즐거움을 안겨준다. 남학생 주머니에는 딱지가, 여학생은 고무줄이 있었다. 점심 시간에 배고픔을 잊고자 같이 놀던 친구들. 주린 배를 물로 채워 꼬로록 꼬로록 뱃속에서도 놀이를 했던 두메산골 옛 친구들이 그립다.

청년이 되면서 척사대회 · 줄다리기 · 탈춤과 사물놀이 · 씨름 등 풍물놀이와 전통놀이로, 스키와 스케이트, 골프와 당구 등 전문화된 취미로 인생을 즐긴다. 장기나 바둑이 신선 놀음이라며 도끼자루 썩는 줄 모른다. 인간의 내면을 풍자한 구수한 마당 놀이를 보며 웃다 울다 다시 배꼽을 뺀다. 권선징악의 후련함에 삶의 피로를 잠시 잊는다.

고희를 맞으면서 체력을 감안하고, 무료함을 벗어나기 위해 즐겁게 노는 방안을 찾아 나섰다. 아내와 함께 스포츠 댄스를 하면 좋으련만 시간이 맞지 않아 탁구장을 찾곤 한다. 피켓 볼이나 파크 골프를 하려니 여건이 마땅치 않아, 호흡이 맞는 친구들과 노래방에서 7080 인생을 노래하며 나이를 잊는다. 100점 맞으면 환호하며 스트레스를 날렸는데 노래방도 탁구장도 문을 닫았다.

우울함을 날려버릴 놀이가 필요하다. 서예로 시간을 보내고 주말이면 간혹 글쓰기만을 하니 온몸이 근질거린다. 한바탕 놀고 싶은 생각이 굴뚝같다. "나무야 같이 놀자."라며 인근 산을 찾는다. 어려서부터 지금까지 친구로 대해준 나무를 산에서 만난다. 마음껏 숨 쉬고, 크게 소리 지를 데는 산밖에 없다.

　'도리도리'를 하며 자라고, 강아지와 함께 굴렁쇠를 굴리며 마을을 돌던 때는 코로나가 없었지! 우리는 동이 민족이다. 빠른 시간 내에 우리 손으로 치료제와 백신을 개발하여 저 못된 바이러스를 명중시켜 괴멸시킬 날이 올 것이다. 그 날이 오면, 태평가를 부르며 춤도 추고 노랫가락을 읊으련다. 노세 노세 늙어도 노세. 이 세상 가면 못노나니~ 차차차~ 차차차!

– 창작수필 2021년 봄호 게재

못과 망치

뚝딱 뚝딱. 못 박는 소리가 경쾌하다. 고양문학 시화전을 열려고 전람실에서 회원들이 모였다. 시화가 그려진 나무판을 벽 아래 늘어놓았다.

박 회장님이 시화 판을 걸려고 줄자로 재단하고, 표시된 곳에 못질을 하는데 한 치의 오차도 없다. 망치를 들고 "못" 하면 못을 대령한다. 어디서 못질을 많이 해본 솜씨다. 일이 척척 진행되니 허 회장님의 함박 미소가 작품이다.

시화 판이 일정한 높이와 간격으로 깔끔하게 걸려 보기 좋았다. 못과 망치 덕에 시화전 준비가 빈틈없이 이루어졌다. 못은 망치로 머리 정수리를 맞을 때는 불꽃이 튀며 아팠지만 훌륭한 작품이 걸리니 고통의 보람을 느꼈다. 다만 시화 판에 가리어져 작품을 감상하고 카메라에 담는 모습을 보지 못해 아쉬워한다.

아파트가 아닌 주택에 살다 보면 이런저런 일 때문에 연장 도구가 필요하다. 집을 손본다든가 가재를 손질할 때, 무엇을 걸거나 매달기 위해서는 못과 망치가 필요하다. 못을 박을 때에는 으레 망치를 찾는다. 자로 재어서 정확히 제자리에, 한 번에 못을 박아야 하는데, 나는 손이 굼떠 헛손질을 한다. 잘못 박아 비뚤어지면 도로 빼어 박으니 벽이 망가진다. 한 밤중에 못 박는 소리가 요란하여 아내는 그만두라고 역정을 낸다.

못은 망치를 보고 좀 제대로 박으라고 짜증을 내니 망치는 나를 쳐다본다. 알았다며 내려친 것이 그만 헛손질하여 손가락을 다쳤다. 장갑에 피가 묻었다. 작업 방법을 바꿀 수 없을까 궁리를 하다가, 펜치로 못을 고정하여 망치질을 하면 될 것 같아 실제로 해보니 못이 튀지도 않고, 안전 작업을 할 수 있었다. 궁즉통窮則通이다.

장도리 망치를 구해서 방치해온 잘못된 액자와 고리 위치의 못을 죄다 빼서 한꺼번에 혼자 다시 제자리에 제대로 박았다. 불안했던 걸이가 안정하게 바로 잡혔다. 어찌 된 도리일까? 마치 어린이에게 망치를 쥐여주면 모든 게 못으로 보인다더니, 안전 작업 방법을 찾은 나는 어디 못질할 데 없나 두리번거렸다.

인간은 여러 가지를 발견하고 필요에 따라 발명해 왔다. 못만 보더라도 그렇다. 처음에는 돌 촉, 나무못이나 대(竹) 못이었는데 훗날 쇠붙이 금속으로 바뀌고, 다시 강한 콘크리트 못을 만들었다. 망치도 그렇다. 처음에는 돌이나 나무 뭉치였다. 쇠망치를 만들고, 잘못 박은 못을 지렛대 원리로 뽑는 빠루의 기능을 겸한 장도리를 개발했다. 박다가 잘못되면 뽑는 일석이조의 편리한 공구다.

한 번에 제대로 할 수 없는 나 같은 초보자에게는 장도리 망치가 그렇게 고마울 수가 없다. 이사 다닐 때마다 못과 함께 줄자, 펜치, 드라이버, 니퍼, 멍키 스패너를 공구함에 넣어 다닌다. 동행하는 공구다. 못은 망치를 만나야 그 몫을 할 수 있다. 서로 협력 관계인 파트너다. 실은 바늘을 찾고, 못은 망치를 찾는다. 각각 자기 짝을 찾아야 일을 할 수 있다. 이렇듯 세상에는 다 짝이 있는가 보다. 짝이 없으면 짝을 고안해 만들었다.

어린 시절 썰매를 만들어야 하는데 못이 필요했다. 동네 목공소를 찾아가서 박스를 해체하여 못 빼는 작업을 도와주며 녹 쓴 못을 호주머니에 넣었다. 작업을 하는데 주머니의 못이 자꾸 빠져나와 살을 찔렀다. 주머니 속에서 머리를 내민 못은 녹이 쓸었지만 탄탄한 썰매를 만드는 데 긴요하게 썼다.

못과 망치는 개선을 거듭하여 진화했다. 못 머리는 반달형으로 망치가 치는 방향에 따라 힘을 흡수하여 사선이나 직선으로 파고들어 임무를 완수한다. 못의 몸체는 끝에서 머리까지 골이 파여 박히면 밀착성을 증대시켜 어떠한 진동에도 풀어지지 않는다. 빼려면 장도리의 도움 없이는 어림도 없다.

못을 보라. 망치가 가하는 엄청난 힘을 고통을 참으며 사랑의 매로 받아들인다. 때리면 때릴수록 단단히 박힌다. 때리는 대로 원하는 깊이로 들어가, 별개의 물건을 결속시키고 요지부동으로 만든다. 맺어진 인연을 굳게 여기듯 한번 박히면 끝까지 있는 운명으로 여기지 뛰쳐나가는 법이 없다. 망치를 맞아가며 임무를 완수하니 사람이 그렇게 할 수 있겠는가? 실과 바늘이 어울려야 바느질을 할 수 있듯이, 못과 망치로 만드는 결속을 깊이 성찰해야 할 것 같다.

'주머니의 송곳' 낭중지추囊中之錐. 어릴 적 목공소에서 일하고 구한 주머니 속의 못으로 만든 썰매는 천하 걸작품이었다. 빼어난 재능을 가진 자는 남의 눈에 띄게 되는 법. 시화전을 열려고 눈높이에 맞춘 작품 모두가 낭중지추로 보인다.

깔끔한 시화전은 못과 망치로부터 시작되었다. 시화전이 끝나면 장도리 망치가 등장하여 수고한 못을 뽑아 소중하게 간수할 것이다.

다음 전시회에는 못과 망치라는 제목으로 시를 써서 초대 작품으로 모시고 싶다.

문방사우

"철아, 먹 좀 갈아 다오." 큰댁 형님이 와서 부탁을 하신다. 산 너머 마을에 초상이 나서 만장을 쓰려고 먹 갈기 부탁을 하러 오신 것이다. 아버님이 어서 따라가라고 하신다. 먹을 갈아 본 게 이번만은 아니다. 형님이 만장을 쓸 때면 나를 부르곤 하셨다. 큰댁 사랑방에 만장을 쓸 흰색, 붉은색, 청색 등 비단이 준비되었고, 먹과 벼루가 나를 기다린다. 먹 가는 요령을 터득했기에 여린 손으로 벼루에 먹을 간다. 먹물이 된 듯싶으면 형님이 붓으로 찍어 글자를 쓰며 농도를 확인한 후 비단을 편다. 먹물을 먹통에 붓고 다시 먹을 갈며 비단에 글을 쓰는 것을 바라본다. 묵향이 방안에 가득하다.

비단에 선이 있는 것도 아닌데 붓은 중심을 따라 일정한 간격으로 굵었다 가늘었다 힘차게 써 내려간다. 그야말로 일필휘지一筆揮之다. 글씨는 알 수 없지만 어린이 눈에도 글체의 아름다움을 느낄 수 있었다. 한 장을 쓰고 난 형님이 "철이가 먹을 잘 갈아서 글씨가 잘 된다.

어깨의 힘을 빼고 먹을 잘 간단 말이야."라고 칭찬을 한다. 묵향을 맡으며 신이 나서 먹을 갈았고, 하늘 나라로 인도할 만장은 글씨가 살아 움직였다. 형님은 축문과 서신도 먹을 갈아 붓으로 썼다. 글방의 네 벗 문방사우. 벼루, 먹, 종이(한지), 붓을 소중히 다루며 글을 썼다.

50여 년이 지나 서실을 찾았다. 그 옛날 형님처럼 글을 쓰고 싶었다. 서실에 풍기는 묵향이 나를 반겼다. 선생님께서 한 일자 '一'을 써 주시어 글쓰기가 시작되었다. 처음 신문지에 쓰다가 3주 지나 화선지로 옮겨 한 일자를 계속 연습했다. 한 획을 익히는 데 한 달 이상 걸린다면 어느 세월에 문장을 쓸지 까마득했다.

글 쓰는 자세로부터 붓을 잡는 방법, 처음 획을 시작하는 역입 방법, 붓 면을 바꾸기, 붓을 세워 중봉中鋒으로 긋기, 손으로 쓰지 않고 팔로 쓰기, 획의 굵기, 획 마무리, 획의 수평 등을 완벽하게 구사하려면 나에게는 한 달이 턱 없이 부족했다. 50년 전 형님이 쓰던 글씨가 눈에 아른거렸다. 유연한 학동 시절이 아니라 허물어진 기억력과 굳어진 손으로 연마하니 시간과 노력이 얼마나 들여야 할지 점칠 수가 없었다. 글씨가 잘 안되니 붓 타령, 종이 타령을 한다. 뛰어난 목수는 연장 탓을 하지 않고, 명필은 붓을 가리지 않는다고 했는데 나는 문방사우 탓을 한다.

서체별로 쓰기를 터득하는 데 시간이 걸렸다. 요즈음은 서실에서 먹물을 사다 쓰거나 기계로 먹을 간다. 먹 가는 기계의 벼루가 살살 갈라고 귀띔한다. 맷돌로 불린 콩을 갈 듯 사각사각, 먹을 잡은 손잡이가 은사 벼루 위를 돈다. 어릴 적 먹을 갈던 모습처럼. 해서楷書나 예서隸書에 알맞은 농도가 되면 먹병에 옮기고, 행서나 초서 용도로는 물을 섞어 묽게 한다. 벼루와 먹이 종이에 글을 쓸 때까지 가슴을 졸인다. 붓으로 먹을 묻히면 종이는 붓을 바라보며 어디 한번 써보라고 한다. 문방사우가 어깨동무 하고, 화선지에 펼치는 필체를 바라보며 고개를 끄덕거리는 듯한다.

정사각형을 4등분 하고 모서리에서 대각선을 이으면 8면이 생긴다. 그 8면을 염두에 두고 점과 획, 변邊과 방傍이 중심, 굵기, 간격, 방향을 갖고 한 글자를 완성한다. 수많은 변화가 난무한다. 글자가 안정되지 않으면 문방사우가 더 쓰라고 채근한다.

소는 수없이 새김질을 하여 소화를 시키고, 비행기 조종사는 한 동작을 21번 반복하여 익힌다. 글자의 탄생을 위해 벼루는 돌에서 수없는 손질을 통해서 만들어졌으며, 먹과 종이, 붓 또한 마찬가지라는 문방사우의 무언의 눈초리에, 글쓰기가 잘 안되어 그만둘까 하는 유혹을 뿌리칠 수밖에 없었다. 부끄러웠다. 스승님은 어떤 서체라도 한 치의 오차도 없이 자로 잰 듯 쓰신다. 요원해 보여도 반추를 하면 이룰 것이라는 것을 위안으로 삼는다.

해서와 예서로 팔면 구사를 할 수 있게 되어 묵열을 느꼈지만 그것도 잠시, "여보시게 조 선생. 이제부터 한문을 배워, 글 쓴 사람의 입장으로 들어가 글을 써야 돼. 의미를 모르고 쓰면 기능공에 지나지 않아."라는 듯했다. 한문을 익힌 후 장법章法으로 시련을 극복하라고 응원한다. 정진할수록 교만과 자만에 빠지지 말고 겸손에 겸손하라고 신신 당부한다. 그리고 "마음을 바로 해야 글씨도 바르게 된다."라고 한다. 그러니 문방사우는 나의 또 다른 스승이다.

행초行草를 쓸 때 붓으로 먹을 한번 묻혀 여덟 자 이상 쓰면 짙음과 옅음인 농담濃淡과 강약, 거침과 세밀함인 조세粗細가 뚜렷하고 백발이 날리는 비백飛白이면 글자가 신기생동하여 살아 움직이듯 한다. 상하의 간격이 무너지지 않는 안정감과 좌우의 평형, 한 글자에서 다음 글자로 넘어갈 때, 획선이 생각은 도착하나 붓이 미처 도착하지 못하니 의도필부도意到筆不到이다. 끊어질 듯 가늘게 이어지는 미적 형상에 나도 모르게 쾌감을 느낀다.

붓을 끌지 않고 역으로 뉘어 잡아 종이의 저항을 느끼며, 팔로 쓰는 삽세澁勢라는 필체는 힘이 활달하게 용솟음친다. 섬김과 빽빽한 소밀疏密, 대소장단과 서로 등진 향배向背 등을 구사하여 안정된 문장이 이루어지면, 가슴속에는 희열이 요동치고 다이돌핀이 장강을 이룬다. 유년 시절 먹을 갈 때 느꼈던 형님의 모습에는 묵열墨悅이 배었으리라! 그리운 형님 모습을 닮고 싶다.

서실에 들어서면 추위와 더위를 잊고 몰입할 수 있으니 늘그막에 얻은 복이다. 묵향과 묵열을 느끼며 다이돌핀 선물까지 받으니 문방사우에게 감사한다.

미리 보기

구름이 끼었다고 다 비나 눈이 내리는 것은 아니다. 흘러가는 구름이 비나 눈이 될지 알 수 없어, 농부나 어부는 천지신명에게 빌고 물어보고 싶었다. 요즈음은 인공위성에 의한 일기예보가 일상생활의 길잡이가 되고 있다.

구름에 달 가듯 쓴 글을 출력하기 전에 '미리 보기'를 본다. 문장 배열이 맞았는지 글자의 크기나 글체가 어울리는지, 오탈자가 있는지 확인한다. 완성작이 되려면 아마추어 작가인 나는 몇 번이라도 미리 보기를 해서 다듬는다.

미리 보기가 있어 글 쓰는데 엄청 도움이 된다. 어색하고 헝클어진 모습이 점차 가지런해지고 군더더기가 빠지니 매끄럽다. 서예도 마찬가지다. 작품을 벽에 걸고 보면 글자 간과 행行 간의 간격과 중심선을 따라 써 내려간 강약 배열 허점이 확연히 드러난다.

그러니 미리 보기는 현재의 실체에서 잘 못을 찾아내어 수정하고,

반복 실수를 방지함으로써 품질을 높이는 좋은 수단이 된다. 과오를 알면 즉시 고치는 방법이 있다면 사람에게 적용할 만하다.

아파트 입주 꿈을 안고 모델하우스를 찾아 보금자리를 미리 본다. 양복점의 가봉假縫과 이발의 머리 손질 중간 거울 확인은 고객의 만족도를 높인다. 음식 맛을 미리 보지 않는 요리사는 없다. 며칠을 땀 흘려 구은 도자기가 마음에 안 들어 미련 없이 깨뜨리는 도공에게 미리 보기가 있으면 좋으련만, 열길 물은 알 수 있어도 한 길 사람 마음은 미리 알 수 없어 답답하다.

지인으로부터 전화다. 장단콩 판매 행사장에 가잔다. 코로나로 매년 열리는 '장단콩 축제'는 취소되고 드라이브스루 판매 행사가 3일 간 열린단다. 사회적 거리 두기가 2.5단계로 격상하는데, 공간 분산과 이합집산의 문제점을 사전에 찾아내어 완벽하게 대비했다는 말인가? 궁금하기만 했다.

지하철역에서 "사람 모이는 장소에 가지 맙시다."란 어깨 띠를 두르고 홍보를 한다. 코로나가 출몰한 곳을 알면 소독하면 될 텐데 알 수 없으니 어쩔 수 없어 뭉치면 죽고 헤치면 산다는 캠페인을 벌인다. 헤치면 죽고 뭉치면 산다고 할 때가 좋았다.

지인과 중앙 경의선으로 문산역에 내리니 행사장행 셔틀버스를 타려는 사람들이 줄을 섰다. 날씨가 쌀쌀하여 다른 분과 택시를 합승했다. 가는 도중에 밭에 새들이 많아 물어봤더니, 음식 축제가 열리는 줄 알고 이북에서 내려온 새들이란다. 미리 귀띔을 해 주었으면 좋으련만 허탕 친 새들이 가엾다.

행사장 입구 드라이브스루 택시 승차장에 내렸다. 방명록 작성, 열 체크, 거리 두고 줄 서기 등 질서 정연했다. 판매 행사는 도보로는 불가하여 시에서 '드라이브스루 택시'를 무료로 제공한다. 문산역에서 임진강역 행사장 간 셔틀버스와 행사장의 드라이브스루 택시가 연계 순환하도록 했다. 행사 중 병목 현상을 미리 보기 하며 철저히 준비한 듯하다.

개인 승용차와 택시가 한 줄로 차례대로 열 체크를 마치고 입장한다. 3명만이 탈 수 있는 드라이브스루 택시를 탔다. 운전기사님이 친절하게 안내한다. 상품 안내 홍보지를 받고 판매 행사장에 입장하면서 견본 진열대의 상품을 미리 볼 수 있다. 게이트는 셋으로 각 게이트마다 열 곳의 텐트 판매장이 설치되었고, 주문 상품과 수량을 얘기하면 카드로 계산하고 물건을 전달한다. 상품은 투명한 자루에 담아 품질을 눈으로 확인할 수 있다. 마음에 들었다. 바로 이거다.

농협에서 파주 장단 인근 지역의 콩과 쌀을 수매하여 판매하니 농가의 시름을 덜어준다. 깔끔한 행사 진행이 믿음직스러웠다. 물건을 사고 택시 출발지로 돌아와 무거운 물건은 택배로 부쳤다. 택배비는 천 원, 나머지는 시에서 부담하니 배려 만점이다. 농가 판매를 지원하는 지자체가 고맙기만 했다.

셔틀버스로 문산역에 도착하니 한 시간 걸렸다. 드라이브스루 판매 시간이 얼마나 걸릴지 가늠할 수 없는데, '미리 보기' 덕분에 짧은 시간에 장 보기가 끝났다. 장 보기에 만족하며 인근 '전주 웰빙 팥죽집'

으로 갔더니 사람들이 줄을 섰다. 차례가 와 자리에 앉으니 열무김치에 보리밥 서비스를 한다. 기다리는 것도 잠시다. 주방의 요리사와 식탁을 차리는 젊은이들의 손발이 척척 들어맞는다. 양도 푸짐하고 값도 저렴하며 맛도 기가 막히다. 제대로 돌아가도록 미리 보기를 한 식당을 찾은 것이다.

열차를 타고 귀가하면서 이런저런 생각에 잠겼다. 세상을 미리 볼 수 있다면 얼마나 좋을까. 집에 노인이 없으면 꾸어 오라는 속담은 미리 내다 분수 있는 노인의 예지가 필요하다는 건데 "어디 그런 분 없소?"라고 묻고 싶다.

백년대계 청사진을 제시하고 소통하여 온 국민이 하나가 되어 추진해 나간다면 그것이 밝은 미래의 미리 보기가 아닌가 싶다. 미지未知 세상의 미리 보기는 그렇다 치더라도, 오늘 드라이브스루 판매 행사는 진정한 미래의 미리 보기를 제시했다.

글과 함께 늙어가기를 원하지만, 내가 진정 어르신의 길로 가는 지 훗날 모습이 자못 궁금하다. 하루라도 면도를 안 하면 털보인데 보나 마나 흰머리, 흰 눈썹, 흰 구레나룻에 백설이 날릴 것이다. 마지막 욕심을 부려본다. 이왕이면 덕과 지혜를 겸하고 베푸는 백로白老가 되기를 기대한다.

사진

고향을 그리며 생가에 가면 먼저 어머님께 인사를 드리고 가족사진이 있는 방에 들어간다. 창호지 벽에 붙은 가족사진이 반긴다. 한 지붕 아래 오순도순 자랐던 핏줄이다. 그때 마침 문에 석양이 비치자 문살 그림자가 사진 액자를 만들고 창호지를 스며든 햇살이 사진을 스친다. 절묘한 순간이다.

세월이 너무 빨리 흘러가니 돌아올 수 없는 그날에 모두 멈추어 있다. 예전의 그리운 모습 그대로다. 9남매 사진이 나한테 한마디씩 안부를 묻는다. 한 분 한 분 눈을 맞추며 지난 시절로 돌아가 상념에 잠긴다. "밥 식는다."라고 어머니께서 성화를 내신다.

산골 마을 흙벽 초가집은 바람이 세게 불면 쓰러질 듯했다. 그 초가집 방 네 칸에서 칠남이녀 구남매가 대관령 바람에 떠는 문풍지 소리를 들으며 자랐다. 9남매를 키우다 보니 부모님 슬하에 바람 잘 날 없었다.

아버님이 일찍 돌아가시자 어머님이 기거하시는 방에 가족사진이 붙기 시작했다. 자식들이 하나 둘 출가하여 어머님의 품속을 떠나니 텅 빈자리를 사진으로 메우셨다. 군에 간 형님의 사진을 갖고 다니며 보시다가 끝내는 벽에 붙이셨다. 돌아올 수 없는 날의 추억을 붙이셨다. 소를 몰며 밭을 가는 광경, 운전하는 버스 앞에서 찍은 기념사진, 중학교 시절 큰형님과 찍은 사진, 앳된 여동생의 얼굴, 조카들의 돌 사진이 벽에 모자이크처럼 붙어 정지된 스크린이다.

초가집이 오래되어 무너질 것 같아 새집을 짓기로 하여 형제자매들이 모였다. 어머님이 헛간에서 지게에다 볏짚을 지고 뒤뜰과 장독대를 한 바퀴 돌고, 하늘에 계신 아버님께 초가집을 허물고 새집을 짓겠다고 고하셨다.

형제들이 태어나고 자란 오두막집이다. 해 질 때면 가족의 품으로 모이는 초가집. 초라했지만 오순도순 모여 앉아, 도란도란 얘기하며 웃고 지냈으니 가난을 잊을 수 있었다.

어느 날 학교에서 집에 오니, 아버님은 장에 가셨다가 술 한잔을 하셨는지 얼굴이 붉그스레하셨다. 집에 기척이 없으니 들어가시지 않고 사립문 밖에서 계셨는데, 그때 어머님이 밭에서 일을 마치고 돌아오면서 어서 들어가시자고 하셨다. 지게 위에는 나비가 동행했다. 벽의 사진을 보며 잊지 못할 한 폭의 장면을 연상하니 그 옛날이 마냥 그립다.

집을 허는 날, 포클레인이 등장하여 초가지붕을 누르자 집은 먼지

사진   107

를 일으키며 순식간에 와르르 무너졌다. 태어나고 자란 집이 무너지자 허탈하였다. 벽 사진이 초가집과 운명을 같이 하는데, 통곡을 하시던 어머님은 보이지 않으셨다. 초가집이 지금까지 버틴 것은 가족사진 덕분이었는데, 집이 사라지는 장면을 차마 더 이상 볼 수 없으셨다. 아무리 초라했어도 9남매에게 젖을 물리고, 아들 딸이 자람을 바라보기만 해도 배가 고프지 않으셨던 어머님이셨다.

좁은 오막살이에 원이 지셨는지, 온 가족이 모두 둘러앉을 수 있도록 거실은 넓고 천정이 높았다. 아무리 바람이 불어도 이제는 끄떡없었다.

집들이 행사에 온 가족이 모두 모였다. 아버님이 계셨다면 어머님의 장구에 아버님의 학춤을 볼 수 있을 텐데 마냥 그리웠다. 거실에 둘러서서 북과 장구의 장단에 맞추어 손뼉을 친다. 가면과 탈춤에 이어, 어머님이 안방에서 분장을 하시고 나와 곱사춤으로 익살을 부리시니 배꼽을 빼는 하이라이트다. 어머님은 밤새도록 지칠 줄 모르셨다. 흥겨운 장면, 활동사진을 비디오테이프에 담았다. 부모님 기일이면 모여앉아 그날의 비디오테이프를 틀면서 추억에 잠긴다.

그해 구정 설날 가족 세배를 한 후, 도포에 갓을 쓴 의관 그대로 눈을 치운 마당에서 어머니를 모시고 칠형제가 차례대로 선 사진을 찍었다. 어머니를 모신 그 '칠형제 사진'이 마지막 유산이다. 어머님이 돌아가시자 고향집을 찾는 게 뜸해졌다. 부모님 기일이나 여름 휴가철이면 들르는 게 고작인데, 어머님과 칠 형제의 사진이 거실에서 반긴다. 숨결을 느끼니 만감이 교체한다.

결혼 후 부모님을 찾았을 때 "짐을 가볍게 지고 다녀라."라고 하신

마지막 말씀을 잊을 수 없다. 뵈온 지 한 달 안되어 허무하게 돌아가시어, 병원 입원이나 단 한번이라도 효도여행 기회를 못 가졌다. 세월이 갈수록 못내 아쉬워 부모님의 사진을 찾다 일곱째가 소장한 사진을 요행히 찾았다.

해방 후 사진사들이 마을을 돌며 사진 촬영을 예약받아 찍은 부모님 사진이다. 어머님은 젊고 고운 모습이고, 아버님은 바지저고리에 조끼를 입으신 멋쟁이, 여태껏 보지 못한 사진이다. 막내가 어머님으로부터 물려받은 유일한 재산 상속이었다. 흑백 사진이 오래되어 바래고 훼손되었다.

막내에게 사진을 인계받아 인근 사진관에서 특별히 부탁하여 원상복구하는 데 성공했다. 그렇게 기쁠 수가 없었다. 확대하여 남매들에게 전달했더니 생전 부모님을 만난 듯 모두 눈시울을 붉히며 가슴에 안았다. 며칠 집을 비웠다가 돌아오면, 부모님께서 잘 다녀왔느냐며 반기신다. 옛날처럼.

온화한 아버님 얼굴과 어머님 눈길을 대하면 집안에 화기가 돈다. 하루 시작이 즐거우니 부모님의 사랑은 하늘 끝까지 가도 끝이 없다. 내가 부모님 사진을 대하면 그리움이 애절하듯, 훗날 내가 없을 때 자식들이 내 사진을 보고 그리워할까? 글과 함께 나의 사진을 남기고 싶다. 이왕이면 아내와 함께 자연스러운 모습을 사진에 담아.

사진   109

산중 필담山中筆談

― 비우고도 넉넉한 산이어라 ―

'숲속의 춤판' 수필집을 출간하여 몸 담은 문학지 회원한테 우송했다. 독자들의 반응이 궁금했는데, 전화나 메신저로 축하나 격려를 해주는 분이 많았고 완독한 소감을 전해주는 분이 있어 보람을 느꼈다. 그런데 한 번도 뵙지 못한 생면부지의 10년 선배님으로부터 뜻밖의 작품 감상문을 받아 얼떨떨했다.

선배님은 1976년 여성중앙지 주최 현상 모집에서 '칠석날'로 당선된 후, 시와 동화 두 장르에 걸쳐 한결같이 순수문학을 지키며 수많은 작품을 출간하여 세간의 이목을 집중시킨 선망의 문학인이시다.

조철형 선생님께,

귀한 수필집 『숲속의 춤판』 펴내심을 축하드립니다. 명료하면서도 군더더기 없이 섬세하고 사려 깊은 글발에 사로잡혀 책을 놓지 못하고 한달음에 읽었습니다.

사물과 자연의 존재와 현상을 폭 넓은 아량으로 체득하시고 따뜻한 가슴으로 끌어안는 모습이 눈에 선하도록 와 닿습니다.

화가 단원 김홍도의 산수, 화조, 인물 등 눈썰미 있는 독특한 화법의 그림을 감상하듯 그렇게 읽었습니다. 그때그때 현장의 다채로운 순간들을 재치 있게 포착한 스냅사진을 보는 듯도 했습니다.

편 편마다 삶의 내면을 꿰뚫는 일상적 사소한 이야기들이 실핏줄처럼 서려있어 때로는 공감, 때로는 감동을 안겨줍니다.

개두릅, 냉이, 달래 이야기, 솔잎과 박달나무 곡우물로 담근 술, 쌀가마니 사경 등 가슴 흠뻑 적시는 옛일들을 되새김질 하듯 입으로 오물거렸습니다.

쉼 없이 뿜어내시는 자연스런 열정의 글월! 오래오래 간직하시고 알록달록 고운 빛깔로 더욱 복되고 빛나시길 빕니다.

임인진 올립니다.

'숲속의 춤판' 서문에서 어눌함을 고백했지만, 선배님은 오히려 위대한 기교는 서투름과 같다는 대교약졸大巧若拙로 가려주시는 듯했다. "이를 어쩌나" 하고 고민하는데 때마침 '강릉가는길' 문학지에 "비우고도 넉넉해지는 산이어라." 라는 제하의 선배님 글이 실려 눈이 번쩍 띄었다.

'산이 사방에 둘러있으니 저절로 마음이 편하고 넉넉해지는 것 같다.'라는 서문으로 시작하는 글을 산중에서 보내신 것 같아, 인자한 숨결과 체온을 느끼니 이게 바로 필열筆悅인 듯싶었다.

단번에 글을 읽고 답신을 보내야겠다는 용기를 내어 아래와 같은 내용으로 글을 올렸다.

"선배님 글이 강릉 가는 길을 편하고 환하게 밝히시니, 아흔 아홉 고갯길이라도 고달프지 않을 것 같아 감사의 글을 올립니다.

전번 소생의 수필 '숲속의 춤판'의 독후감을 보내주셔서 어찌할 바를 몰랐는데, '그야말로 선재善財로다.'입니다. 비로서 선배님께 답신을 보내게 되니 체했던 가슴이 확 트여 후련합니다.

고향 산천과 바다, 영동과 영서 산자락을 넘나드시며 산사랑을 펴시는 선배님이야말로 인자요산仁者樂山 하시는 분이라 여겨집니다. 선배님께서는 비우고도 넉넉함은 그 빈자리에 산사랑으로 채우시고, 베풀고도 보답을 바라지 않는 시은물구보施恩勿求報 모성애를 갖추셨으니 참으로 경외敬畏롭습니다.

한때 '선자령'에서 영동 산맥과 영서 산맥이 백두대간으로 어우러져 창해의 파도를 바라보며 바람으로 소식을 전하고 있음을 느낀 적이 있습니다. 선배님에게 뒤늦게나마 백두대간처럼 인연이 닿게 되니 감사합니다.

간결한 숲속의 춤판 독후감과 선배님의 단 한편 글을 감상하며, 정통의 문학인과 신출내기 초보자의 격차를 실감하여 감히 범접할 엄두가 안 납니다. 선배님이 주제에 부여한 의미화에 몰입하여 보다 쉬운 글로 상상의 날개를 펴니 부러울 뿐입니다.

'비우고도 넉넉한 산이어라.' 글을 읽으며, '숲속의 춤판'을 썼더라면 여백에 산 사랑을 채울 수 있었을 텐데 아쉬웠습니다. 비워야만 넉넉하게 채우고, 채우면 비우는 선배님의 산 사랑 말입니다.

송홧가루 날리는 산자락에서 자란 꿈 많고 야성미(?) 넘치는 시골 처녀를 캠퍼스 김옥길 스승님께서 헤아려 보듬어주신 거룩함을 산에 연유하시니, 감히 제가 겪은 추억과 흡사하고, 아련한 기억 또한 심오하여 심금을 울립니다.

서문에서 출발하여 깔끔하게 결말을 지어주시니 마음이 넉넉해지고 가슴이 짜릿했습니다. 반짝이는 풀잎과 나뭇잎의 소리가 곁들인 시詩를 곁들여 문장의 화합을 고조시키는 기술성은 그야 말로 화룡점정畵龍點睛입니다.

한편의 글로 고향 문학지의 위상을 높여 주신 점 감사드립니다. 부디 좋은 작품으로 후배들을 지도하여 주시기 바랍니다. 그것이 어쩌면 백문불여일견百聞不如一見일지 모릅니다.

우연히도 선배님의 옥고 뒤를 이어, 소생이 쓴 서예 스승의 한시漢詩 '차라리 흐릿하게 보이는 것이 더 낫다.'란 영유몽시寧愈 朦示가 게재되어 대조를 이루니 이 또한 묘한 인연이라 생각이 듭니다.

선배님의 글에 눈과 마음이 즐거워 자꾸 더 읽자고 보채니 그 러겠다고 달랩니다. 선배님의 글을 대하니, 산에 가서 산 사랑에 푹 빠지고 싶습니다.

임인진 선배님, 좋은 글 감사합니다.

"비우고도 넉넉한 산이어라" 하시는 선배님과 고향 산마루를 바라 보며 산중 필담을 나누려면, 선배님처럼 글과 함께 늙어가며 가슴에 나무를 심어야겠다. 그리고 숲속에서 신명나게 춤판을 벌리고 싶다.

- 창작수필 제117호 게재

이어폰 동반자

길을 걷는 나에게 다정하게 속삭인다. 이번에는 분위기 있는 음악이 어떻겠냐고. 연속해서 음악을 들으니 발걸음이 가볍다. 나는 더이상 저녁노을 속의 철새들을 바라보는 나그네도 아니고, 반려견과함께 거니는 노인이 아니다.

어느 날 전철 경로석에 앉았는데, 앞에 선 젊은이가 이어폰을 끼고동영상을 보고 있었다. 혼자 미소 짓기도 한다. 남한테 폐를 끼치지않고 즐길 수 있으니 얼마나 좋은가. 호기심에 발동이 걸렸다.

귀가하여 사물함을 열어보니 이어폰이 자그마치 네 개다. 휴대폰을바꿀 때마다 받은 것이다. 하지만 헤드가 귀에 맞지 않고 딱딱하여그림의 떡이다. 나중에 귀에 맞는 이어폰을 장만하기로 하고, 우선이어폰을 자유롭게 사용하기 위한 방안을 찾았다.

휴대폰 서비스 센터에 들러 휴대폰 사용 교육을 받았다. 배움에는 왕도가 없으니 부끄러움을 무릅쓰고 거듭 물으며 메모했다. 생소한 음악 다운로드하기를 배워 이어폰을 사용하게 되었다. 하나하나 그렇게 신기할 수 없고, 새로운 미지의 세계가 펼쳐지는 듯했다. 나이가 들면 아는 게 많을 줄 알았는데 오히려 배워 알아야 할 것들이 너무 많다.

며칠을 걸려 음악을 다운로드하여 편집을 한다. 7080 노래, 팝송, 클래식, 가곡, 행진곡, 명곡 등 다양하다. TV나 라디오에서 멋진 음악이 나오면 메모했다가 다운로드를 한다. 마음껏 혜택을 누린다. 참 좋은 세상에 살고 있는데, 마음에 안 든다고 불평불만 하는 자가 어리석다고 느낀다.

설렌 가슴으로 전자제품 가게에 들러 귀에 맞는 유선 이어폰을 골랐다. 헤드가 말랑말랑한 고무로 감촉이 좋았다. 남들은 비싼 값에 보청기를 샀다는데 나는 푼돈으로 이어폰을 장만할 수 있으니 이 얼마나 행복한가. 기다리기만 하는 딱한 생활에 새로운 활력소가 될 것이다.

집을 나설 때 동행자가 없다. 아내는 뭐 그리 바쁜지 그림자도 없다. 말할 상대자 없이 혼자 걷고 차를 탄다. 코로나 때문에 모임이 줄어들어 만날 사람들이 없다. 그래서 혼자 호수공원을 산책하거나 가까운 심학산을 찾는다.

동반자 이어폰을 챙긴다. 혹 이어폰이 없으면 다시 집에 돌아가 챙긴다. 어떤 때는 이어폰만 챙기고 휴대폰을 빠뜨린 적이 있다. 요즈음은 이어폰이 나의 길동무다. 잔소리를 듣지 않고 조용히 음악 감상을 할 수 있어 심심하지 않다. 그대는 길동무이자 동반자이기에 이 세상 어디에 있더라도 쓸쓸하지 않다.

얼굴에 위치한 이목구비耳目口鼻 중 어느 하나 중요하지 않은 게 없다. 안 들리면 보청기를 끼어야 하고, 보이지 않으면 안경을 써야 한다. 그렇지 않으면 장애인 신세니 얼마나 답답하겠는가? 그걸 면하려 몸부림친다.

나이가 들면 이목구비의 기능이 떨어지기 시작한다. 어느 것이 제일 먼저 인지 종잡을 수 없다. 귀걸이를 하거나 선글라스로 멋을 낼 때가 엊그제라고 한탄한다. 이목구비가 훤하다는 소리를 들었는데 세월이 얼굴에 흔적을 남긴다. 게다가 병치레하느라 정신없다. 안과, 치과 검진 일이 쳇바퀴 돌 듯 돌아온다. 이목구비 중 정상인 것은 귀와 코뿐이다. 그것도 장담할 수 없다. 가는귀가 멀었는지 말소리가 높아진다. 나도 모르게 전화하는 목소리가 크고, 전화, TV 볼륨이 높아진다. 한마디로 알아듣게 정확히 말해 주는 분들이 고맙기만 하다. 요즈음 코로나로 인하여 마스크로 코와 입을 가리고 색 안경을 낀다. 거기다 이어폰을 끼니 이목구비가 모두 가려 외계인 같다. 이목구비가 얼굴의 전부인데 외모의 평준화를 이루었다. 코로나의 위력이다.

이어폰으로 들을 음악을 저장하니 한 가닥 즐거움이 생겼다. 먼 길을 가거나, 버스나 전철을 탈 때는 예외 없이 이어폰을 낀다. 볼륨을 조정하여 음악을 듣다 보면 시간 가는 줄 모르고, 어떤 때는 내릴 곳을 지나버린다. 그렇다고 길동무를 원망한 적은 한 번도 없다.

간 수술로 입원했을 때 이어폰 신세를 톡톡히 졌다. 동반자이니까 신세라고 할 것까지는 없지만 간병인이 없는 병실의 유일한 동반자는 이어폰이었다. 특히 옆 환자의 코고는 소리에 잠을 이루지 못 할 때는 이어폰이 음악으로 해결사 노릇을 한다. 병상의 동반자이니 고맙기 그지없다.

매일 오후 서실에서 일산으로 귀가할 때 이어폰으로 편집한 음악을 듣는다. 자유로 저 멀리 저녁노을이 붉게 타오를 때면 밤하늘의 트럼펫을 듣는다. 차창 밖으로 스치는 풍경이 귀속 음악에 겹쳐 한결 이채롭다. 자유로를 벗어나면 애창곡이다. 배경에 맞는 음악이 흐르니 서정적이다. 추억에 빠지기도 하고, 떠오르는 생각을 메모하며 구상할 수 있으니 너무 좋다. 언제 왔는지 모르게 집 앞이니 귀갓길이 너무 짧다.

새벽 산책으로 호수공원 메타세쿼이아 길을 돌고 돌아올 때 멀리 집이 보이면 베르디의 '아이다 개선 행진곡'을 듣는다. 보무도 당당하게 발걸음을 음악 리듬에 맞추어 개선한다. 이어폰이 주는 아침 선물이다. 이어폰 동반자를 만나 품위도 지키고, 외롭지 않은 길을 걷게 되었다. 호기심으로 알게 된 동반자에게 감사드린다.

이하 여백 以下餘白

주민등록 등본을 떼러 주민 센터에 들렀다. 발급 받은 등본을 봉투에 넣으려고 접다 보니 가족 명부 란에 '이하 여백'이라고 쓰여 있다. 오랜만에 보는 문구다.

글을 쓰거나 그림을 그리다가 남은 빈자리, 백지라는 뜻이다. 공문서나 각종 서식 작성 시 빈칸에 임의로 내용을 추가하는 것을 방지하기 위하여 이하 여백이나 이하 빈칸이라고 쓴다.

일반인들이 쓰는 작문, 리포트, 편지, 일기 등에서는 이하 여백이라는 서식을 쓰지 않는다. '끝' 자나 그저 마침표로 끝낸다.

가족 명부에 이하 여백이라는 것은 더 이상 가족이 없음을 나타낸 것이다. 다시 한 번 소중한 나의 가족 이름을 눈여겨보았다. 한 지붕 아래서 얼굴을 맞대며 살아가는 핏줄이다. 가족 명단 아래 이하여백이니, 어느 누구도 아닌 오로지 혈연 가족을 법률적으로 공시한 셈이다. 이하 여백이 내가 이 집안의 가장임을 새삼스레 느끼게 한다.

집으로 오는데 이하 여백에 얽힌 추억이 떠올라 나도 모르게 빙그레 웃었다. 초등학교 시절 일기장을 검사하던 담임선생님께서 웃으시면서 "철아, 너는 이하 여백을 어디서 배웠니?" 하신다.

어느 날 집에서 호족 초본을 보았다. 가족 사항을 만년필로 기록하고 이하 여백 도장을 찍었다. 그러니 문장 끝이면 이하 여백이라고 하는 줄로 알았다.

하학하면 하는 일이 소 먹이거나 꼴을 베고, 강아지와 장난치는 게 고작이었다. 일기장에 쓸 게 없으니 기껏 세 줄 쓰고 이하 여백, 다음 줄에 날짜를 바꾸어 쓰고 또 이하 여백이니, 한 장에 이하여백 문구가 무려 다섯 번이었다.

"철아. 이하 여백이라고 쓰면 빈 칸이나 나머지 공간을 그대로 남겨놓는다고 한 것이기에 쓰면 안 된다. 종이가 아까워서 그런 게 아니라(실은 종이가 아까웠다) 쓸 게 없어서 이하 여백이라고 한 모양이구나. 소와 풀, 강아지뿐만 아니라 눈에 보이는 사물과 꿈과 미래를 대화하면 쓸 것이 무궁무진하다. 앞으로 대화 내용을 일기에 적으면 일기장 한 장이 모자랄 게다. 그러면 줄이고 줄여 여백을 만드는 데 무한히 노력해라." 하신다.

"줄이고 줄여 여백을 만들어라. 남을 위해 공간을 비워 놓으면 마음이 넉넉해진다."라고 하신 선생님의 말씀은 세월이 지나도 내 뇌리에 박혀 있다. 이하 여백은 이하 생략이 아닌 빈 공간이다. 내가 미처 생각 못한 것을 남이 채워줄 수 있도록 자리를 비워둔 것이다.

넘치지 않도록 미리 비우고, 채우면서 넘치려 하면 또 비우는 마음

가짐은 바로 겸손이다. 겸손하면 저절로 이득이 된다고 명심보감에서 일깨워 주었는데도 까마귀밥을 먹었는지 자꾸만 깜빡한다.

탐욕이 많은 인간은 자리만 있으면 채우려 한다. 하여 여백을 만들려는 노력은 예부터 지금까지 이어온다. 특히 사군자 중 난(蘭)의 구도는 여백의 중요성을 강조한다. 공간을 꽉 채운 그림이나 사진은 보기가 숨이 차다. 한껏 차올라 거만이 넘쳐흐르니 감상하는 이로 하여금 싫증을 느끼게 한다.

TV를 보다가 '여백'이라는 노래와 마주쳤다. 미스터트롯의 14세 중학생이 부르는데 시청자들이 열광한다.

> "마음에 주름이 있는 건
> 버리지 못한 욕심의 흔적.
> 청춘은 붉은색도 아니고
> 사랑은 핑크색도 아니더라.
> 마음에 따라서 변하는
> 욕심 속 물감의 장난이지
> 그게 인생인 거야.
> 마음에 여백이 없어서
> 인생을 쫓기듯 그렸네."

인생을 경험하지 않은 어린 학생이 우리 세대를 풍자하여 노래한다. 시청자들이 열광하며 희희낙락 하는데, 가사 내용을 알고 그러는지 알 수가 없다.

어쩌다 모르는 사람을 소개받을 때 명함을 받는다. 그 명함에 깨알같이 경력을 넣어 자기 과시를 했다면, 그는 여백이 없는 사람이다.

이름 석 자면 될 것을 허울 좋은 명예를 쫓던 과거의 나도 다를 바 없었다.

이하 여백은 빈자리다. 앞으로 꼭 써야 할 것을 위해 비워 둔 자리다. 비워두니 얼마나 넉넉하고 든든한가.

이하 여백은 공간에만 있는 게 아니고 시간에도 있다. 글을 쓰다가 더 이상 좋은 생각이 나지 않으면 "다음에 쓰지"라며 붓을 놓는다. 내가 좋아서 하는 일에 시간에 쫓기거나 욕심을 부리지 않고 여유를 가지니, 그야말로 이하 여백이다.

- 고양문학 제 54호 게재

일체 유심조一切唯心造

- 코로나 전선 종군기지 체험기 -

2021년 창작수필 봄 호, 색즉시공色卽是空이란 제하의 수필이 눈길을 끌었다. "있음이 없음이고 없음이 있음이니 물질이 에너지고 에너지가 물질이다."라는 서두로 색色과 공空을 물질과 에너지에 은유했다. 반야심경 불교철학에서 나아가, 핵융합과 분열을 설파한 글에 수긍이 갔다.

좋은 글을 만나면 필자에게 화답하고픈 마음이 간절하다. "그대가 색즉시공이라면 나는 공즉시색이다."라고 너스레를 떨고 싶었다. 우연의 일치인가 천재일우인가? 남의 일로만 알았던 코로나 확진이 나에게 일어날 줄이야!

며칠간 감기몸살로 식사를 못 하니 기력이 떨어져, 몸을 가누기조차 힘들었다. 하지만 머지않아 서예 회원 전시회가 있어 마냥 누워있을 수는 없었다. 내과 의원을 찾아 비타민 주사를 맞고 나니 기운이 조금 나는 듯했다. 발열 증상은 없지만 원장이 선별 진료소에 들러 코로나 감염 검사를 받으라고 권유하기에 보건소로 직행하여 검사를 받고 귀가했다.

잊지 못할 4월 27일 8시 30분, 보건소로부터 코로나 양성 확진자로 판정 통보를 받았다. 이 날벼락 같은 소식에 안 그래도 황사가 가득한 하늘이 더욱 노래 보였다. 파주병원에 입원해야 하니 준비를 하란다. 식구들은 즉시 보건소에 가서 검사를 받고 귀가하여 격리자가 되었다. 보건소 후송차가 도착했다는 통보다. 식구들과 이별 인사를 하는데 묘한 기분이 들었다. "아빠는 종군 기자로 취업이 되었다."라고 하니 아내는 억지웃음 짓고 자식들은 눈시울을 붉혔다.

후송차가 파주병원에 도착했다. 전화 통화를 하더니 하필이면 장례식장으로 진입한다. 뒤숭숭한 가운데 백의의 우주복을 입은 간호사 두 명이 마중나왔다. 통로의 표지로 안내받는 나는 장례식장의 살아 움직이는 사자死者로 '끝이 없는 길'을 가는 기분이었다. 음압 병동 516호 4인실에 들어가니 내 이름표가 붙은 4호 침대가 기다리고 있다. 환자복의 안팎 고름을 매고 보니 주머니가 없다. 아무것도 갖고 갈 수 없는 망자亡者의 수의壽衣인가 싶어 섬뜩했다.

혈액 검사와 가슴 촬영을 한 후 혈압과 체온 측정기, 혈당 검사기와 산소 포화도 측정기를 지급하여 지정된 시간에 측정하여 카톡으로 간호사에게 전송하란다. 복용하는 약을 못 챙겨왔다 하니 처방한 병원에 조회하여 혈액 검사, 가슴 사진, 처방전 일괄을 전송받아 조처하겠으니 걱정하지 말란다. 대한민국 의료 시스템의 우수성이 눈앞에 펼쳐지는데 무엇을 불평하랴! 마음을 가라앉히고 체험기나 쓰자. 종군기자처럼….

　입원 환자 모두 수의에 마스크를 쓴 관속의 망자 같다. 인사를 하는데 불안과 공포에 떨고 있음을 직감했다. 후유증 없이 완치되어 퇴원할 수 있을까. 기저 질환자인 나도 마찬가지다. 저분들이 독방에 홀로 격리되어 있다면 머릿속에 떠오르는 두려움에 떨고 있을 텐데 다인실에 입원한 게 다행스러웠다.

　내 가족과 서예 전시회를 앞두고 만난 회원들이 혹시 확진자가 될 경우 그 원망은…. 선생님의 타지역 강의며, 손자를 돌보는 여성 회원들의 망연자실함을 어떻게 감당할 수 있겠는가. 끔찍하다. 사월의 하늘은 잔인한 잿빛이다.

　입원 다음날, 가족 모두가 음성 판정을 받았다는 소식에 마음의 짐을 하나 내려놓은 듯했고, 접촉한 회원 모두가 음성으로 판정되었다는 연이은 소식에 가슴을 쓸어내렸다. 지옥과 천당을 오가는 기분이었다. 입원 이튿날 코로나 치료제 국내 신약을 링거로 맞고 나니 후각과 미각이 돌아와 경증환자에서 탈피했고, 발열과 통증, 기침과 가래가 없는 무증상 격리자가 되었다.

　하루 이틀 지나며 입원 환자들 간에 의사소통이 원만해졌다. 방 동료들이 입원한 동기를 말하는데, 맞은편 환자는 부인이 확진자 격리 해제가 되자마자 본인이 확진을 받았다며 부인을 몹시 원망했다. 그분에게 악천후를 견디고 피어나 더욱 아름다운 사막의 '다시 태어나는 야생화 감상'을 카톡으로 전송하며 간곡하게 첨언했다. 때문이라는 말은 덕분으로, 직설적인 것은 완곡한 표현으로 마음의 상처를 남기지 않도록 하세요. 이 세상 하나밖에 없는 부인이 겪은 고통을 느끼며, 든든한 남편으로 새로이 태어나도록 하늘이 주신 기회입니다.

전등을 끄고 눈을 감았는데 소곤거리는 전화 통화 소리가 들린다. 남편이 "미안했소. 집에 돌아가면 어디 여행이나 갑시다."라고 하자 "여보, 빨리 낳아 돌아와요. 보고 싶습니다." 흐느끼는 소리가 귓전에 번졌다.

입원 3일차. 엊저녁 부인과 통화한 환자가 쓰레기 당번을 자청했다. 먹느냐 마느냐가 곧 죽느냐 사느냐와 같다. 햄릿의 절박한 심정으로 코로나와 사투를 벌이는 세포에게 영양을 공급하고 음식을 남기지 말자."라며 실천을 제의했다. 식사 후 찬반 플라스틱 용기를 씻어 합치니 쓰레기봉투 네 개를 하나로 줄일 수 있었다. 간호사가 반색하며 칭찬함은 물론이다.

가로수의 연녹색이 곧 오월의 태양 속에 신록의 무늬로 번져갈 모양이다. 새마을 사업이 한창일 때, 홍릉 산림과학원 개설에 참석한 대통령에게 외국 기자가 한국은 언제 잘 사는 나라가 될 거냐고 물으니 즉석에서 저 강산이 푸르러지면 잘 살게 될 거라고 답했다. 문득 그 얘기가 떠올라 동료들에게 들려주었더니 삶의 용기가 어린 환한 얼굴이다.

심한 기침과 동영상 소음으로 잠을 설쳤는데, 음악을 다운로드하는 방법을 배워, 이어폰을 동반자로 하여 잠을 잤다. 눈을 뜨니 기침 환자가 폐를 끼쳐 죄송하다고 말하자 옆 동료가 "본인은 얼마나 고통스러우냐?"라며 내의를 입으라며 따뜻한 물병 지급을 신청하니, 기침환자에게 온수가 제공되었다. 내가 저장한 국민체조 동영상을 공유하여 아침 체조를 했다. 창밖의 푸르름을 가슴에 앉고, 제자리걸음을 많이 하여 식욕을 돋우었다. 우리는 서로의 배려 속에 사선死線을 넘는 전우가 되었다.

1주일이 지난 5월 4일, 꿈속에서 회화나무에 꽃이 만발하니 매미들이 "꽃이 피었습니다!"라고 합창한다. 벌들이 맴돌며 떠날 줄 모른다. 꿀 채취가 끝나자 꽃이 떨어져 꽃밭을 이룬다. 시들지 않고 떨어지는 꽃을 보았으니 길몽이다. 아니나 다를까 오전 가슴 사진을 찍고 오후에 퇴원 허가가 내렸다. 꿈같은 일이다.

하루 더 묵을 것을 허락받고 코로나19 격리자 체험기를 정리했다. 그간 정든 전우들과 연락처를 교환하기도 했다. 마음을 푸르게 먹으니 조기 퇴원한다며 전우들이 덩달아 기뻐했다. 심한 기침이 멎었고 두 분이 무증상 환자가 되었다니 다행스럽고 감사했다. 매사 마음먹기에 달렸다는 일체유심조가 아닌가!

"확진자 한 분이 해제되어 퇴원합니다."라고 실내 방송이 나온다. 수의를 평복으로 갈아입고 끝이 없는 길을 나서니, 간호사가 콜택시를 부르며 "코로나 확진자 격리 해제자입니다."라는 메시지를 기사에게 보낸다. 마지막 순간까지 프로다운 백의의 천사다.

귀가하니 격리된 가족들이 반긴다. 짐을 풀자마자 색즉시공 집필자에게 코로나 전선과 포로수용소를 오가며 취재한 심경을 "매사는 오직 마음먹기에 달렸다."라는 화엄경구인 일체 유심조一切唯心造로 화답했다.

　내일 호수 공원에서 푸르른 회화나무와 백송의 향긋한 송화를 만나려니 가슴이 벅차다. 아! 오월의 하늘은 청자 빛이다.

천손天孫의 아호

함박눈이 펑펑 내려 온 세상은 백야白野다. 정류장에서 하차하여 골목길로 들어서니 아무도 다니지 않아 발이 푹푹 빠진다. 눈 내린 들판을 걸을 때 훗날 사람들의 이정표가 되기에 모름지기 함부로 걷지 말라는 서산대사의 말씀대로 똑바로 걸어 서실로 왔다.

오늘은 오랜만에 벼르던 작업을 완수하는 날이다. 눈처럼 하얀 화선지를 폈다. 나와 인연을 맺은 분들의 아호와 그에 어울리는 휘호를 쓰기 위함이다.

며칠 있으면 다물多勿 모임인 인당회仁唐會가 있을 예정이다. 2020년을 힘들게 지낸 회원들에게 아호를 주려고 작심했다. 다물은 옛 영토를 되찾겠다는 고구려의 혼을 담은 국호이다. 인당회원들은 다물 민족학교가 주관하는 다물 대열에 합류하여 백두산과 고조선의 혼이 어린 만주 일대를 탐방하며 배달민족의 기상을 가슴속에 안고 돌아온 천손天孫의 후예라고 자처하는 투철한 구국 이념이 몸에 밴 민족주의자들이다.

태어나면 이름을 짓고, 성인이 되면 자字를, 사회 분야에서 발을 넓히면 아호雅號를 지어 부른다. 셋 다 족보에 오른다. 올해가 희수喜壽 되는 해여서 남에게 베풀면 받는 사람에게 복을 안겨준다기에 잘 되었다 싶어, 그간 연마한 서예에 정성을 담아 드리려고 했다. 함께 근무하며 지켜본 회원님들의 성정과 인품을 가슴 속에 그렸다. 새벽 잠을 깨려는데 회원들의 아호가 줄줄이 생각나는 게 아닌가. 분명 하늘로부터 내리는 계시, 천손의 아호였다.

나와 함께 입사했던 L군에게 아호 소범素凡과 휘호 일념통천一念通天을 한글 해설과 한자로, 마지막으로 최근에 퇴임한 사무총장에겐 아호 임재林裁와 화엄경 일체유심조一切唯心造의 한글 해설과 한자 본문을 썼다. 명필은 아니지만 거침없이 쓴 일필휘지였다.

눈길 위의 발자국처럼 종이에 쓴 붓 자국에 묵향이 배었지 싶었다. 모든 작품을 다시 한 번 확인하고, 낙관하니 인주가 선명했다. 내 나름대로 정성을 들인 작품이 신기생동하게 느껴지기를 바라며, 완성된 작품을 카메라에 담았다. 일생일대 오늘 같은 날이 없으리라 생각되어 하늘에 감사했다.

인당회 사무총장에게 회원 열 분의 아호와 휘호가 완성되었음을 알리고 카톡 채팅방에 올렸다. 다들 고마움을 표시했고 아호 전달 행사 날짜가 잡혔다. 분기에 한 번씩 정기 모임이 있었으나 코로나로 한동안 미루어 왔었는데 오랜만에 모이게 되어 기대가 컸다. 멀리서 온 다물 민족학교 남 부원장과 당진 회원님들까지 모두 참석했다.

다물 박수로 시작하여 막걸리 건배로 분위기가 화기애애해졌다. 회원들에게 아호와 휘호를 전달하였고, 남부원장이 아호와 휘호의 의미를 해설했다. 꿈보다 해몽이 좋았다. 이어 필자가 올해가 소띠 해임을 연상하여 쓴 '소처럼'을 당진 여성 회원님이 낭송하여 의미를 되새겼다. 옥구슬이 굴러 가는 듯한 낭송. '당진 문화 관광 해설사'로 돌단풍石楓 휘호를 받을 만했다.

아호와 휘호를 받은 분들이 어느 때보다 진지하고 겸손하게 각자의 소감을 표했다. 회원들의 흰머리와 얼굴 주름살에 세월의 흐름을 느끼면서, 신축년 소띠 해를 맞이하여 인생길을 되새김질하며 강건하기를 염원했다. 회원들의 아호가 작명되었으니 이름 대신 아호로 통일하여 부르기로 했다. "○○ 선생"이라 서로 불러 보니 처음에는 어색해 보였지만 격조 높고 품위가 있어 희색이 완연했다.

정담을 나누는데 내 눈을 의심케 하는 일이 일어났다. 화엄경구 휘호를 받은 사무총장이 앉은 뒷벽에 서각書刻 한 '一切唯心造' 현판이 걸려 있다. 내가 써주었던 휘호의 문구 그대로다. 원효대사가 환생하여 즉석에서 작품을 만든 것인가? 주인에게 물으니 작년 방을 수리하고 걸은 현판이라 했다. 오늘을 위하여. 우연의 일치라도 믿기지 않았다. 이를 두고 '천재일우'라 하는가.

서로 간의 아호에 대한 얘기로 꽃을 피우다 아호첩을 발간하기로 자연스럽게 결정했다. 가보가 될 소중한 천손 아호첩이 탄생할 날이 기다려진다.

천손의 아호와 휘호가 이루어진 날에 내린 눈은 서설이다. 상서로움 속에 아호와 휘호의 뜻을 되새기며 설야雪夜를 맞는다.

제4장
할머니 미소

갈매기는 파도를 타며

오늘이 정월 대보름이다. 예전 같으면 명절 차례를 지내고, 이웃마다 오곡밥을 나누어 먹으며 전통 행사를 치른다. 줄다리기와 척사대회, 산등성에서 달맞이 횃불놀이를 했다. 어머니는 장독대에 정화수를 놓고 가정의 무탈함을 빌었다.

집 가까이 평안도 음식점 '모란각'이 있어 아내와 함께 들렀다. 사회적 거리 두기로 띄엄띄엄 손님들이 앉아 정담을 나눈다. 바로 옆에 노부부가 아들 며느리와 앉으며 우리에게 눈인사를 한다. 얼핏 보아도 백수를 바라보는 어르신이다. "임자, 녹두빈대떡 한 접시를 시켜요. 우선 막걸리로 목을 축여야겠소." "아버님이 좋아하시는 불고기와 냉면을 주문할게요." 며느리가 공손하게 받드는 정성이 오붓했다.

"내레 내년이면 백인데 고향은 못 가더라도 고향 음식은 먹어야지."라시는 할아버지 눈동자에는 망향의 그림자가 비치고 있었다. 임진각을 다녀오시는 분인 것 같아 "잘 다녀오셨습니까?"라고 인사를 하니 술잔을 권하며 고향이 어디냐고 물으신다. 강릉이라고 하니 자못 부러운 눈초리다. "나는 함경도 원산이 고향인데 갈 수 없으니 임진각에 다녀오는 길이라오. 아름다운 고향에서 태어난 것을 축하합니다." "저도 코로나로 고향을 찾지 못합니다."라고 화답을 했다. "쪽빛 바다와 명사십리, 해당화가 보고 싶겠습니다."라고 말을 하려다 입을 다물었다. 귀소본능歸巢本能으로 새들도 둥지로 돌아가는데, 그러지 못하는 그리운 심정을 막걸리에 풀어 마셨다.

아니나 다를까 할아버지는 마양도 명사십리 백사장과 해당화가 핀 해안 길을 걸을 때, 갈매기의 날갯짓을 상상하며 추억의 실타래를 풀었다. 평안도와 함경도 음식 맛의 차이점, 생활 풍습, 고기잡이와 해가 지는 바다 정경에 대하여 할아버지 강연은 그칠 줄 몰랐다. 차라리 새가 되어 고향으로 훨훨 날아가고 싶을 텐데, 실향민에 대한 식당의 배려 속에 이루어지는 망향 연속 상영은 지루하지 않았다.

나더러 고향 이야기를 해보라 하신다. 맞장구를 치자는 심산이시다. 사양을 했지만 지나치면 결례일 것 같아 보따리를 풀었다. 고향 동쪽 바다는 하늘과 맞닿은 수평선에서 푸름을 주고받아 늘 옥색 빛이며, 검붉은 여명 속에 구름을 가르며 태양을 토해내면, 녹아내리는 불기둥에 바다가 이글이글 끓는다. 그 수평선 위로 나르는 갈매기는 전설의 새 삼족오다.

태양이 백두대간에서 여정을 풀면, 초저녁달은 별을 보고 유영을 하고, 달그림자가 해안 길을 따라 산책을 한다. 산등성이에 오르면 수평선이 나를 부르고, 바다를 찾으면 파도소리가 나를 일깨운다.

수수만년을 지나도 수평선은 변함이 없는데, 인걸이 스쳐가며 숱한 전설을 뿌려 놓았다. 아득한 태고부터 신선들이 거니는 명주동천이었으니 하늘과 땅에 서린 정기로 해물이 풍족하고, 진홍색 해초가 입맛을 당기며, 논밭 곡식이 기름져 계절마다 조상을 섬기는 음식은 정갈했다. 언어학적으로 특이한 음성의 강릉 말씨는 독특한 개성을 뽐낸다. 이북 말씨처럼.

선자령으로부터 시작되는 '바우길' 전 구간을 걷지 않더라도 짧은 구역을 선택하여 먹을거리와 궁합을 맞춘다면 기억에 남는 여정이 될 것이다. 강릉 옛길, 오죽헌과 가시연 늪지대, 선교장과 홍장암. 허난설헌 생가와 솔밭길, 동해안 융성 비밀을 간직한 정동진 부채길과 조각 공원 등은 어디든지 은은한 커피향이 준비되어 있다.

소년 시절, 한겨울에는 남대천에서 망치로 바위를 내려쳐 꾹저구를, 봄이면 회귀하는 은어를 잡았고, 한여름 솔밭 천렵이면 오리 바위에서 섭과 전복을 채취했다. 그날 머리에 해당화를 꽂아주는 성년식에 대한 추억으로 고향 예찬을 마치니, 할아버지 눈에는 망향의 그리움이 가득했다. 얘기를 들은 아들과 며느리가 "아버님과 선생님의 고향바다는 서로 닮은 가슴 설레는 바다이군요. 부모님을 모시고 꼭 강릉을 다녀오겠습니다."라고 하니 참으로 갸륵했다.

귀가하자 TV에서 '대서양의 연어 양식, 동해에서 성공하다.'를 방영하고 있었다. 최근 강원도가 강릉시 연곡면 일원에 국비를 투입해 대서양 연어 종자 치어를 생산하는 테스트베드를 설립하여 아시아 최대 연어 생산 단지를 조성한다고 발표한 바 있는데 연이어 기쁜 소식이다.

 '강릉가는길' 문학지에 어부사시사를 쓰며 새벽을 여는 친구를 소개한 바 있다. 친구는 육상 연어 양식에 성공하여 연간 100만 명의 관광객을 수용할 수 있는 '강릉 연어테마파크' 설립을 추진하고 있다. 눈맛, 입맛, 손맛을 즐길 수 있는 육상 연어 양식장과 수족관, 스마트 팜, 낚시 체험장을 한데 모은 대규모 레저타운이다. 치어를 생산하는 테스트베드와 연계하면 관광과 수산업을 동시에 육성할 수 있으리라.

 연어가 수억 만 리를 돌다 방생한 곳으로 회귀하느라 탈진 상태가 되는데, 앞으로는 사라진 꾹저구와 은어 대신에 연어가 태어난 곳에서 살게 되니 갈매기는 넘실대는 파도를 타며 날갯짓을 한다. 푸른 미래, 블루오션을 펼치는 날갯짓이다.

 오늘따라 보름달이 휘영청 밝다.

국민체조를 하며

오랜만에 몸을 풀었더니 하루의 시작이 상쾌하다. 수납 창구에 갔더니 "안녕하세요? 체조를 하나도 틀리지 않고 잘 하셨어요."라고 한다. 나는 마치 병원 직원이 된 듯했다. 오늘은 단골 영등포 C병원에서 검진을 받는 날이다. 40여 년 간의 검진 이력이 보관된 병원이다. 예약된 시간은 9시. 아침을 굶었기에 병원 업무 개시 전에 도착했다. 대기실에서 기다리는데 음악 소리가 들리더니 출근한 의사와 간호사 모두가 복도로 나온다. 이어 국민체조 음악 방송이 나온다. 나도 일어나 대열에 서서 함께 국민체조를 했다.

C병원은 3대째 대를 이어온 외과 전문병원으로 김안과병원과 더불어 영등포에서 가장 오래된 병원이다. 원장과는 40년간 알고 지내는 사이다. 모범적인 노사관계를 유지하며 아직도 국민체조를 한다. 남들은 구태의연하다고 말할 수도 있겠으나 옛것을 지켜 새로운 것을 아는 것이야말로 온고지신溫故知新이 아닌가. 본받을 만한 병원이라고

생각한다.

운동을 한다든가 산행을 할 때 몸을 풀어 유연하게 한다. 몸이 경직되면 경기나 순발력이 떨어지고 집중력이 떨어진다. 골프를 칠 때 어깨의 힘을 빼는 데 3년 걸린다고 했다. "나비처럼 날아 벌처럼 쏜다."라는 일화는 몸의 유연성을 강조한 말임에 틀림없다. 몸이 유연하지 않은 상태에서 일이나 운동을 하면, 근육이 경직되어 통증을 유발하니 물리치료를 받아 풀어 주어야 한다.

금속 가공 면에서 같은 현상을 볼 수 있다. 철강을 강하게 하려고 성분 조성을 달리한다든가 응력을 가하면 분자 고리가 엉키거나 변위 變位 되어 가공을 한 후에 놔두면 분자 고리가 제자리로 돌아오면서 가공한 물체의 모양이 뒤틀리거나 변하는데, 이를 방지하기 위해 열처리를 하거나 주파수 진동기로 소재를 흔들어 엉킨 분자 고리를 풀어 준 다음 가공하면 모양새를 영원히 유지할 수 있는 것은 같은 원리다.

1977년 3월 17일 자 조선일보 사회면에서 '새 국민체조 확정'이란 제목으로 국민체조 출범을 보도했다. 체육의 생활화를 기하고, 국민 체위를 향상시켜 건전한 사회기풍을 조성함으로써 새마음 운동, 나아가서는 새마을 운동에 기여하기 위함이라 했다. 전국의 학교 및 각급 직장에 보급하기로 한 새 국민체조는 이전의 신세기 체조, 재건체조, 국민보건체조의 단점을 말끔히 정리했다고 했다. 준비 운동 제자리 걷기가 16초 걸리고 12가지의 운동에 걸리는 시간은 4분 25초이다. 특징으로 간단하고, 운동량이 크며, 실시자가 운동량을 조절할 수 있다고 언급했다.

그로부터 43년이 지난 2020년 늦가을, 유튜브 국민체조 동영상 조회 수가 603만 회를 기록했다. 창의와 자본이 얽힌 치열한 격전 속에서도 기록한 놀라운 숫자다. 이것은 무엇을 의미할까? 한강의 기적을 일궈낸 새마을 운동, 국민체조가 사람들의 가슴 속에 녹아 한강처럼 흐르고 있다는 것이다.

체조 전문가는 아니지만 국민체조 동작 하나하나를 관찰하면 기막힌 신비가 숨어 있음을 알게 된다. 「손끝을 편다. 손바닥을 마주 본다. 하늘로 향한다. 땅에 닿도록 한다. 팔을 휘두르고 허벅지를 친다. 물살을 가르며 노 젓듯 공기를 가르는 온몸 운동. 가슴을 펼 때 들숨, 오므릴 때 날숨으로 폐의 산소를 완전히 비웠다가 채운다. 양손을 가볍게 쥐고 등을 받친다. 허리를 젖힐 때 엄지를 앞으로 하여 허리를 받친다. 발뒤꿈치를 떼지 않도록 한다. 팔을 크게 원주 방향으로 돌려 우주를 그리는 동작과 리듬의 조화」 등 일련의 동작은 하늘과 땅의 정기를 받아들이고 배달겨레의 얼을 고스란히 담아, 새마을 운동의 근간을 창안했으리라 생각된다. 신비가 담긴 체조다. 이 국민체조로부터 "체력은 국력이다."란 말이 나왔다 싶다.

국민체조 동영상을 틀어 연습하니 할 만하다. 좁은 공간에서 따라할 수 있어 2021년 새해를 맞아 아침저녁으로 옥상에서 실시 중이다. 나를 위한 건강 선물이라고나 할까. 하늘을 향해 온 몸을 푸는 천지인 율동은 마음부터 젊게 한다. 국민체조 시작! 전주곡이 흘러나온다.

도라지 타령

　화무십일홍이라며 아름다웠던 꽃이 떨어짐을 안타까워 하지만 도라지꽃은 땅에 떨어지지 않는 꽃이다.

　내가 거주하는 주상복합 건물의 옥상은 장방형 건물로 둘레가 약 300미터쯤 된다. 건물 외벽 쪽으로 화단이 조성되어 있는데 관상용으로 도라지를 심었다. 거름을 주었는지 실하게 자라며 여름에 꽃이 핀다. 백도라지 청색 도라지꽃이 싱그럽다. 소슬바람이 불면 이리 쏠렸다 저리 쏠렸다 하며 춤을 춘다. 저절로 "도라지 도라지 백~도라지,,,." 도라지 타령을 흥얼거린다. 매일 아침저녁에 만나니 정은 두터워진다.

　무심코 보던 도라지꽃을 유심히 보니 정오각형이다. 마치 정확하게 컴퍼스와 자로 그린 정오각형. 한 치의 오차도 없다. 그 꽃을 보면서 황금분할을 발견했을 때 이루 말할 수 없는 벅찬 감동, 무한한 희열을 느꼈다. 무한한 감동이나 감명을 받았을 때 뇌하수체에서 발생되는 다이돌핀이란 호르몬은 염증 치료 효과가 엔도르핀의 4,000배라고 한다.

인근 아파트 단지내 회화나무 공원을 지나는데 아카시아꽃을 닮은 회화나무 꽃이 만발했다. 진한 아카시아꽃 향기가 아닌 잔잔한 향기가 코끝을 스치는데 매미들이 "회화나무 꽃이 피었습니다."라고 목을 놓아 합창하며 벌들을 부르니 벌들이 구름같이 모여들었다. 벌들은 아카시아꽃인줄 알았는데 천하 제일의 약꿀 밀원蜜源인 회화나무 꽃이다.

며칠 후 회화나무 단지를 지나는데 꽃이 떨어져 꽃밭을 이루니 장관이다. 시들지 않은 꽃봉우리가 벌들에게 젖가슴을 내어주고 떨어진 순결한 꽃이다. 아무리 아름다운 꽃이라도 화무십일홍花無十日紅이라며 시들어 떨어지는 낙화를 애처롭게 여겼는데 회화나무꽃은 시들지 않고 떨어지는 것을 보고 도라지꽃이 핀지 열흘이 훨씬 지났기에 어떻게 되었는가 궁금했다. 부리나케 옥상 도라지가 꽃핀 화단으로 발길을 옮겼다. 엘리베이터가 그렇게도 느린지 처음 느꼈다.

화단에 이르니 하늘을 향해 핀 별꽃 도라지 꽃들이 낙하산을 접듯이 하여 씨방을 감싸고 있다. 신기하여 며칠을 두고 관찰했다. 꽃잎은 밤에 이슬을 맞고 낮에 태양열을 받아 삭으면서 씨방 표피에 흡수 소멸되는 광택제로 둔갑하는 기상천외의 현상에 아연 실색했다. 씨방 표면은 반들반들하여 마찰 저항력을 최소화 하고 내열제 우주선 캡슐로 대기권을 탈출하여 은하계로 운행할 채비를 하는 게 아닌가. 땅에 떨어진 도라지꽃은 하나도 없었다. 신비로운 발견으로 항암 치료 없이 간 수술 회복은 다이돌핀 효과를 단단히 보았다. 하여 주위 분들에게 감동을 주는 절친 백태윤 회장을 위해 '다이돌핀 친구'라는 수필을 쓰기도 했다.

아버님은 허약한 나에게 도라지 사랑을 베푸셨다. 기관지와 폐가 약해 항상 콜록콜록하니 산도라지를 캐 오시다가 아예 밭 모서리에 이랑을 북돋아 배수가 잘 되게 하고 도라지를 심으셨다. 도라지꽃이 피어 도라지 타령을 하면 백도라지 청도라지 꽃이 덩달아 춤을 추는 것 같았다. 아버님이 도라지 몇 뿌리를 캐 오시면 어머님께서 다려 복용케 해주셔서, 기관지와 폐가 강건하게 되었다. 그러니 무명 저고리와 청포 두루마기를 잊을 수가 있겠는가!

전통 재래시장에서 약도라지를 사고, 나물 반찬용으로 도라지를 사니 아내는 그 까닭을 나중에 알고 도라지를 좋아한다.

겨울을 나면 옥상 그 자리에 도라지가 돋아날 게다. 하늘의 별이 만든 도라지꽃을 볼 수 있으니 부모님을 그리워하며 봄을 학수 고대한다.

도라지를 보면 부모님이 생각난다. 마침 가을을 보내며 고양 문학 시화전이 어울림누리에서 열렸다. '도라지 타령' 제하로 출품하여 부모님을 기렸다.

도라지 타령

지난밤
별이 유난히 쏟아지더니
별빛을 머금은 꽃이
눈이 시리다.

하얀 무명 저고리
청포 두루마기

산들바람에 장단 맞추어
노래하며 춤을 춘다.

망개떡

전철역으로 가는 길에 '망개떡'이란 간판이 보인다. "아, 망개떡!" 눈이 번쩍 뜨였다. 서둘러 볼 일을 보고, 망개떡을 만나러 들렀다.

유리 벽에 『자연이 만든 '건강 수제 떡은 無 방부제, 無 색소, 無 향료인 三無.』라고 게시했다. 들어서니 내부가 아담하고 정겨운 풍취가 풍긴다. 메뉴판에 전통 식혜, 단호박 식혜, 대추차, 연잎밥 등 전통음식이 소개되며, 진열된 떡들이 구미를 당긴다. 망개떡, 쑥 굴레떡, 쑥 찰떡, 오메기. 곱게 차려입은 아주머니들이 정갈스럽게 떡을 빚는 것을 볼 수 있다.

접시에 담은 먹음직스러운 망개떡을 보기만 해도 군침이 돈다. 배가 출출한 밤에 "찹쌀떡, 망개떡." 외치는 소리가 골목을 돌아 사라지면 침만 삼키느라 애를 썼던 그 추억의 망개떡이 아닌가.

고향에 큰댁과 작은댁, 우리 집 세 집이 가까이 살았다. 추석 명절 때면 송편과는 별도로, 친정의 솜씨를 발휘하여 한두 가지 떡을 더

장만한다. 우리 집은 망개떡, 큰댁은 취떡, 작은댁은 팥 인절미를 해서 서로 나누어 입을 호강시켰다. 외할아버지 생신 때는 찹쌀가루로 빚은 망개떡을 갖고 어머님 따라 덩실거리며 외가로 가던 길은 그리움의 길이었다.

망개나무는 야산이나 돌무지 등 척박한 땅에도 잘 자란다. 지천이어서 쉽게 볼 수 있다. 흔하여 귀한 대접을 못 받지만 구황 작물이고 약초이다. 몸에 쌓인 노폐물 제거와 염증 치료에 진가를 발휘한다.

봄이 되면 나는 '망개 총각'이 된다. 앞집 아주머니가 붙여준 이름이다. 아버지를 따라 산에서 망개 순을 채취하는 방법을 배웠다. 낫으로 가시 넝쿨을 헤치면 적갈색을 띤 망개 순이 여기저기 죽순처럼 솟았다.

망개 순은 섬유질과 무기질, 천연 비타민과 단백질이 풍부하다. 이 망개 순과 가지에서 돋아난 야들야들한 연녹색 잎을 채취한다. 망개나무 잎들이 서로 햇볕을 받아 윤기가 난다. 한 살 아래인 곱디고운 옥순이 얼굴 같다.

주루막에 가득 담은 망개 순과 잎을 앞집에 나누어 주면, 아주머니가 망개 총각한테 매번 신세 진다며 온기가 있는 달걀을 주시곤 했다. 아주머니는 오줌소태에 시달렸는데, 망개 순을 달여 먹어 효과를 보았다고 고마워했다. 그러고 보면 내가 지금까지 시원하게 소변을 볼 수 있는 것은 망개 순과 잎을 많이 먹어서인지도 모른다.

냉이 철이 지나면, 기다렸던 망개 순이 그 자리를 대신한다. 망개 순과 잎을 살짝 데쳐 고추장으로 무치거나 쌈장에 싸서 먹으면 옅은

맛과 독특한 향이 입안에 감돈다. 잎은 감나무처럼 매끄럽고 두껍다. 연할 때 채취하여 쪄서 말린 후 달여 차로 마시면 백가지 독을 제거한다고 알려졌다.

형들이 담배를 끊기 위해 잎을 말아 피우면 니코틴 독이 풀리고 금단현상도 나타나지 않아 망개 잎을 말려 보관했다. 그러니 망개나무는 금연 나무다. 가시에 찔리고 볼품없는 천덕꾸러기 넝쿨이지만 알고 보면 엄청나게 베푸는 고마운 나무다. 초근목피로 연명하던 시절, 도토리나무와 더불어 빼놓을 수 없는 구황 나무였다.

망개떡 잎은 여름에 채취하여 말린다. 망개떡을 할 적에는 말린 망개 잎을 찐다. 감잎처럼 둥글넓적하여 손질하기 쉽다. 찹쌀가루를 쪄서 치대어 모양을 만든다. 팥소를 넣고 반달이나 사각형으로 빚어, 두 장의 망개 잎 사이에 넣고 묶어 찐 떡이 망개떡이다.

섬유질이 풍부한 잎은 떡이 쉬지 않도록 감싼다. 떡이 달라붙지 않으니 먹기 편하게 만질 수 있다. 떡에 잎의 약효가 배었으니 그야말로 선식仙食인 약떡이다. 입에 넣어 씹으면 쫀득쫀득하며 팥소가 입안에서 살살 녹는다.

소나무는 죽어서 복령을 남기는데, 망개나무는 혹 같이 생긴 덩이 뿌리를 안고 자란다. 그 뿌리가 복령인 토복령土茯笭이다. 녹말이 많아 옛날 춘궁기에 곡식에 섞어 밥을 지었다고 한다. 고려가 망하여 두문동으로 들어간 선비들이 뿌리를 캐서 연명했다는데 그게 바로 토복령이 아닌가 싶다. 신선이 남긴 곡식인 선유량仙遺糧이라 했으니 신령스러운 곡식 나무임에 틀림없다.

김장을 담글 때 망개 잎을 사이사이에 넣으면 김장이 시지 않고 무르지 않는다. 김장이 끝나야 비로소 단풍이 드니 김장까지 챙긴다. 단풍이 들며 열매가 붉게 익으면 약효 성분이 뿌리로 내려간다.

망개 총각에게는 토복령이 보물이다. 가시덩굴을 헤치고 토복령을 캐서 한약재로 팔았다. 토복령을 씻어 쌀뜨물에 이틀간 담가 독성이 처리된 약재는 발한, 이뇨, 해독, 관절염, 피부염, 통풍 등 다양한 치료에 쓰인다. 특히 요산 배출과 간 기능 보호에 탁월하니, 건강을 챙기는 노인에게는 귀가 솔깃해진다.

가시 넝쿨 줄기에 달린 5~10개씩으로 익은 붉은 열매가 청미래덩굴이며, 꽃꽂이 부재료로 쓰인다. 먹으면 달착지근했다. 옥순이가 좋아하는 그 빨간 열매가지를 꺾을 때 가시에 찔려 피가 났건만 아무렇지도 않았다.

토복령을 판돈으로 백고무신을 사 신고, 다음날 학교로 부리나케 등교했다. 학교 정문에서 옥순을 기다리며 자꾸 새 고무신에 눈이 갔다. 옥순을 만나자 주머니에서 청미래덩굴을 꺼내 얼른 머리에 꽂아주고 교실로 뛰었다. 돌이켜보니 망개 총각의 순정이었다.

망개떡을 입에 넣고 오물거리니, 어느새 어린시절 가시넝쿨 청미래덩굴이 내 곁에 와 있다.

새 밥

장단콩 판매행사를 한다기에 친구와 문산에서 만나기로 하여 중앙
경의선을 탔다. 오랜만에 창문 너머로 도시와 전원을 번갈아 감상하
면서 기차여행을 즐겼다. 가을철이면 지자체에서 주최하는 행사가 많
아 동행할 사람이 있다면 참가하여 옛 추억을 느끼고 즐긴다.

전철역을 나와 버스를 타려고 가는데 전신주 전선에 까마귀떼가
그야말로 까맣게 앉아 있다. 지금까지 보지 못한 진풍경이다.

주위에 주렁주렁 달린 홍시가 먹음직스럽다. 옛날 같으면 감을 벌
써 땄을 터인데 인력 부족으로 감이 익어가는 것을 거들떠보지도 않
는다. 감나무가 관상용이 되어버렸다. 겨우내 감나무엔 새 밥이 지천
이다.

전선에 앉은 그 많은 까마귀들은 이북에서 내려온 새끼 까마귀란
다. 어미는 보이지 않는다. 까마귀를 쳐다보며 별별 생각을 한다.

추수가 끝난 벌판에는 먹을거리를 찾을 수 없고, 감나무에는 새 밥

도 없기에 먹이를 찾아 휴전선을 넘어 월남한 새들이다. 귀순하지 않고 돌아가야 할 새들이다. 새끼들은 병들어 움직이지 못 하는 어미 새를 위해 저 홍시를 어떻게 갖고 갈까 궁리들을 하는 모양이다.

축제 구경을 마치고 문산역으로 되돌아오는데 그 많던 새끼 까마귀들이 보이지 않는다. 감나무에 달린 감들이 새 밥이 아니라서 그런지 그대로 있다. 새 밥을 쪼아 목에 넣고 갈 걸로 여겼는데 덜 익어서 그러지 못했는지 자못 궁금하다. 북녘 하늘을 바라보니 기다리는 어미 새가 눈에 아물거린다.

반포보은反哺報恩으로 먹이를 되씹어 어미에게 먹이는, 효도하는 새가 효조孝鳥가 아닌가. 깃털이 검고 울음소리가 듣기 싫다 하여 흉조로 미움 받지만 사람 못지않게 효도를 하는 길조吉鳥이다. 어미 새가 늙어 거동을 못하면 새끼가 먹이를 물어다 부양하니 반포조反哺鳥라 일컫는다.

하여 박효관朴孝寬은 교훈가教訓歌에서 다음과 같이 읊었다.

> 『그 누가 까마귀를 검고 흉하다 했는가
> 반포지은反哺之恩이 그 아니 아름다운가
> 사람이 저 새만 못함을 못내 슬퍼하노라.』

겉으론 흰 체 하면서 겉과 속이 다른 인간! 속은 검다 못해 시커먼 탈을 쓴 인간보다 까마귀가 지극한 효행을 실천함을 일깨워준다. 세상만사 도움을 받으면 갚을 줄 아는 게 도리인데 요즘 세상을 생각하니 한숨만 나온다.

건망증이 심한 사람을 까마귀 고기를 먹었다고 빗대는데, 실은 까마귀는 머리가 좋고 지능지수가 높고 영리한 동물 중의 하나다. 하여 부모를 섬기는 반포조인 셈이다. 태양의 새 삼족오는 까마귀이며, 전설의 오작교烏鵲橋는 까치와 더불어 까마귀가 놓은 다리다.

옛 시절 집 앞에 감나무와 고욤나무가 있었다. 한가위 날에는 대봉 홍시로 약식을 만들었으며, 늦가을이면 곶감을 하려고 감을 따고 맨 윗가지에 감 몇 개를 남겨 놓는다. 왈 새 밥이다. 새 밥이 홍시가 되도록 고욤은 끄떡없다. 서리가 내려야 먹을 수 있으니 새는 그때를 기다린다.

감나무에 까마귀 두 마리가 앉는다. 암수 한 쌍이거나 어미와 새끼다. 새 밥을 바라보며 고개를 끄떡거린다. 암수 까마귀는 다정하게 새 밥을 먹다 남긴다. 어미와 새끼가 왔을 때는 어미가 먼저 먹고 새끼가 나중 먹는다. 부부애가 무엇이고, 효도가 무엇인지 까마귀를 보면서 느낀다. 오히려 길조吉鳥라는 까치는 생각과는 달리 서로 다투며 남김없이 먹는다.

옛 조상께서는 까마귀 새끼가 어미를 지극히 섬기는 효성을 기려, 음력 정월대보름 날을 까마귀 제삿날이라 하여 잡곡밥을 들에 내다 놓았다. 이웃을 사랑하듯이 까마귀에게 새 밥을 마련해 준 것이다. 내가 자주 들르는 '석경원' 감나무에 해마다 새 밥을 남겨 놓으니 농장 주인의 인심을 알 수 있다.

고향 시골집 마당에는 대봉 감나무가 있다. 마당에 있어 거름을 제대로 주지 못해 해거리를 한다. 해거리 이전에 감이 익기까지 많이 떨어지니 반타작이다. 형수님께서는 얼마 남지않은 대봉으로 곶감을 만들고, 맨 윗가지에 새 밥을 서너 개 남겨 놓으신다. 그 새 밥은 삭 풍이 풀어도 떨어지지 않는다.

서리가 내리면 붉은 홍시가 새를 부른다. 고욤나무 열매가 익어야 새들은 잔치를 할 수 있다. 새 밥은 사람의 마음을 여유롭게 한다. 그 저 바라만 보아도 나뭇가지에서 정이 넘친다.

문산에서 만났던 까마귀가 자꾸 떠오른다. 홍시를 그대로 두고 간 새끼들은 어디서 먹이를 구해 어미를 봉양했을 것으로 믿는다. 섭생 을 위해 새들만이라도 휴전선을 자유로이 넘나들 수 있어 그나마 다 행이다. 몸에 마음껏 지니고 갈 수 있으면 좋겠다.

새 밥은 조상이 물려준 효심이다. 그 효심이 이어지기를 바라니, 손자가 오면 새 밥 얘기를 해주어야겠다.

- 고양문학 제54호 게재

섭생攝生

　지구촌이 역병을 다스리는 데 혼신의 힘을 다하나 아직 끝이 안 보인다. 모임이 없어진 지 오래니 전화로 안부를 묻는다. 흩어지면 살고 뭉치면 영원히 만날 수 없게 될지도 모른다는 걱정이 여전하다.

　60줄에 들어서면서부터 세월의 속도가 나이에 비례하여 빨라진다는 얘기에 공감한다. 몸 관리를 잘하여 곱게 늙어가며 인품에 향기가 나는 어르신이 되고 싶지만, 우울증 전조 현상으로 가슴이 답답하다. 남에게 폐를 끼치지 않으려면 우선 아프지 말아야 하는데 이미 병을 달고 사는 형편이다. 이럴 때면 '다이돌핀 친구' 백태윤 회장이 떠오른다. 간 질환으로 인한 온갖 시련을 극복하고 주위 사람들에게 행복 호르몬을 선사하는 친구다.

　친구는 오장육부를 측은지심으로 살피는 섭생을 권장한다. 간은 기름기를, 위는 찬 것을, 심장은 짠 것을 싫어하는 것 등을, 신체 기관을 헤아려 보살피는 것이 자신을 돌보는 길이라고 한다. 올바른 생활

리듬, 어떤 경우라도 화를 내지 않는 마음 가짐, 식생활 개선, 삼사일 언三思一言 등을 어우른 섭생을 습관화해야 함을 일깨워 준다.

신체 어느 한 부분이라도 중요하지 않은 데가 없다. 그 한 부분이 잘못되면 제자리에 돌아오는 데 젊은 시절보다 훨씬 긴 시간이 필요하다. 병에 걸리지 않도록 올바른 음식물 섭취와 일상생활을 규칙적으로 꾸려 나가야 한다. 그 어떤 명약도 좋은 식사에 미칠 바가 못 된다.

큰 수술을 한 후 날것은 못 먹고 담백한 음식으로 섭취를 하다 보니 입맛이 없다. 꽁보리밥과 돼지고기 위주로 겨울을 났다. 돼지고기는 불포화 지방이기에 전부터 쇠고기보다 선호했다. 그런데 언젠가부터 목이 붓고 아파 감기약을 복용해도 차도가 없다. 코로나 초기 증상 같아 겁을 먹었지만 열이 나지 않아 다행이었다. 주치의가 코로 내시경을 넣어 관찰한 결과 위장으로부터 오는 역류성 식도염으로 의심되어 처방이 달라졌다.

며칠 지나자 가슴 옆구리가 결리더니 통증이 여기저기로 돌아다녀 한방 의원을 찾았다. 근육 통증이란다. 보리와 돼지고기는 찬 음식이므로 노인들의 겨울 음식으로는 적합지 않으므로 삼가라고 한다. 장과 위에 가스가 차서 통증이 발생하는 것이라니, 식이 요법의 중요성을 다시 한번 느꼈다.

제철 음식을 먹어야 하는데 수입 과일과 비닐하우스 농작물이 계절을 가리지 않으니 소화 흡수 기관이 혼란스럽다. 열대성 과일은 더위를 식히기 위한 먹을거리인데 겨우내 먹으며, 냉장고가 있어 따뜻한 음식 위주가 아니니 위장 기능이 떨어진다. 365일 동안 체온을 36.5도를 유지하려 해도 한계가 있다. 체온을 1도 올리면 면역력이 5배 높아진다는데 사람들은 크게 신경 쓰지 않고, 나도 예외는 아니니 안타까울 뿐이다.

지금까지의 인생 여정을 20년 단위로 구분하면, 소년기에는 음식으로 탈 난 적이 거의 없었다. 청년기의 왕성한 소화력은 쇳조각도 소화시켰으니 없어서 못 먹었다. 장년기에 들어서서 오장육부 장기가 혹사를 한 것 같다. 목에 넘어가면 매 마찬가지라며 섭생 따위에 관심을 기울일 만한 시간적 여유가 없었다. 이것저것 가리지 않고 마구 쏟아 부었다. 신체리듬과 인체 시간표를 감안한 섭생의 길을 도외시했으니 미련했다.

과식·과음·과로, 과過 자가 붙은 모든 행위가 몸에 해롭다는 걸 알면서도 고치지 않았으니 화를 자초한 셈이다. 병원을 들락거리며 신세를 진다. 정기 건강 검진 덕분에 평균 수명은 연장이 되었지만 관건은 건강 수명이다. 혈행의 문제가 유전이니 아니니 한다. 모세혈관 크기가 결정되는 것은 유전이다. 하지만 대대로 전해지는 집안 음식이 피를 탁하게 하여 당뇨병을 유발하는데, 당뇨는 유전이라고 단정하는 것은 옳지 않다고 본다.

온 식구가 한자리에 모여 오순도순 얘기 속에 꼭꼭 여러 번 씹는 식사를 한다면, 오장육부 또한 감사히 받아들여 소화 흡수가 잘 될 것이다. 식탐을 하지 않고 골고루 소식을 하며, 적당한 운동으로 체력 관리를 한다면 최선의 섭생에 한 발짝 다가서는 게 아닌가 싶다.

부부 섭생을 한다면 서로 챙겨주어 효과는 배가 될 것 같다. 거친 밥에 물 마시고, 구부린 팔베개라도 즐거움이 그중에 있다는 논어 구절이 오늘따라 더욱 실감 난다.

아침에 일어나면 기지개를 켜고 심호흡을 한다. 물로 양치질을 한 후 따뜻한 물을 마시고 하루를 시작한다. 약물을 사용하는 인공적인 치료보다 담백한 음식으로 소식하고, 걷기를 일상화하는 길이야 말로 올바른 섭생이라는 것을 스스로 터득했다. 하여 늦은 감이 있지만 노인 유치원생으로서 습관화하려고 다짐한다. "과오를 알면 반드시 고친다."라는 지과필개知過必改를 실천하려고 하니 70이 넘어서야 철이 드는 셈이다.

신의 한 수를 받으려 다이돌핀 백 회장에게 전화를 해야겠다.

– 2021년 창작수필 가을호 게재

소처럼

2021년은 소띠 해니 소의 장점을 좌우명으로 삼아 한 해를 보내자고 작심했다. 뚜벅뚜벅 소걸음도 좋고, 되새김질도 좋다. 서슴없이 '소처럼'으로 결정했다. 이제는 급한 일도 없는데 화급을 다툴 필요가 없다. 성격이 꼼꼼하지 못하고 덥석대어 후회한 적이 한두 번이 아니었다. 세 번만 생각하면 후회할 일이 없다는데 두 번도 생각을 안 한 탓이다.

포유동물 중 염소나 말, 양 같은 초식동물은 새김질을 한다. 육식동물로부터 언제 어디서 공격을 받을지 모르기에 풀을 만나면 뜯어 씹지 않고 삼킨다. 나중에 틈만 있으면 꺼내어 여러 번 씹으며 침과 섞어 소화를 시킨다.

소 위는 되새김할 수 있는 구조로 되어 있다. 약육강식弱肉強食 세계에서 살아남기 위해 그렇게 진화한 것 같다. 위장이 네 곳으로 분리되어 있는데 씹지 않고 삼킨 풀을 제1위에 저장하여 촉촉하게 하고 제2위에 옮겼다가 시간이 있을 때 입안으로 토해내서 씹는다. 입자가 큰 풀을 반복하여 씹어 잘게 나누고 소화가 잘 되게 침과 섞어 삼키는 반복 행위를 되새김질 반추라고 하는데, 하루 평균 반추 시간이 492분, 반추 속도는 분당 87회, 반추 횟수는 약 42,000회라고 한다. 새김질한 음식물은 제3위로 옮겼다가 제4위에서 소화 흡수를 한다. 앉아서도 부지런히 반추를 한다. 끊임없이 반추하는 소는 양질의 고기를 인간에게 베푸니 소의 미덕을 본받을 만하다.

나는 가난하게 자라서 그런지 밥을 급하게 먹는 버릇이 있다. 일단 배부터 채워야 하니 맛이 있든 없든 마파람에 게 눈 감추듯 했다. 소학에서 왈, 숟가락에 음식물을 적게 떠서 여러 번 씹은 후에 삼키라고 하지만 나에겐 사치일 뿐이었다. 삼킨 것을 소처럼 토하여 씹을 수 없으니 잘못된 버릇으로 위장병을 달고 산다. 현미밥은 50번 이상 씹어야 제맛을 알고, 소화와 영양 흡수가 잘 된다는데 말이다. 가령 죽을 먹으면 소화 흡수가 100% 되는 것으로 흔히들 아는데, 죽의 입자가 고와 위의 부담을 줄여 주나 죽도 마찬가지로 입안에서 여러 번 씹어야만 침과 섞이어 반죽이 되고 버무려진다. 침이 소독하고 효소로 영양분 흡수를 돕는다. 소에게 잘게 썬 여물을 먹이면 침과 버무려 되새김질하니 그럴만한 이유가 있다.

새김질과 같이 명사 뒤에 접미사 질이 붙은 단어가 많다. 명사를 여러 번 하는 행위를 뜻하는데, 좋은 뜻이 대부분이지만 그렇지도 않은 경우도 있다. 질을 행사하는 주체는 '~꾼'이다. 부지런하고 정성을 들여 반복하는 일로는 쟁기질, 가을걷이 관련한 마당질로 도리깨질과 풍구질, 빗자루질. 구겨진 주름을 펴는 다림질과 인두질, 추운 겨울을 나려 목도리를 뜨는 뜨개질, 여러번 손을 보는 손질과 칼질을 하는 난도질, 표적을 맞히려 무한히 연습하여 다윗이 골리앗을 무너뜨린 돌팔매질 등 달인이 되는 새김질이 있는가 하면, 신체적 조건으로 발생하는 딸꾹질과 신경질. 몸을 따뜻하게 치유하는 찜질이 있기도 하다.

끝까지 물고 늘어지는 쌈질과 분탕질을 일삼다가 남을 지적할 때는 손가락질을 한다. 손가락질을 하면 엄지와 검지는 상대방을 향하지만 방아쇠인 중지와 약지, 소지 셋은 나를 향하고 있음에 놀란다. 굳이 남을 가리킬 때면 손가락 대신 손을 펴서 가리킨다.

수필집 '숲속의 춤판'을 서둘러 출간하여 보니, 매끄럽지 않은 문장이 많았다. 시력 이상으로 벌어진 일이라 변명할 수 있으나 반추하며 확인하지 않은 잘못이 크다. 내가 아는 수필집 발행인은 밑줄을 치며 교정을 보니, 반추만이 실수를 방지하는 최선의 방편이라 여겨진다. 여러 번 수정을 하며 다듬으면 그 정성만큼 문장이 간결해진다. 반추의 정점에 도달하지 않고 고운 얼굴로 독자 곁으로 간다 한들 감동을 줄 리가 없다.

서실에서 어떤 서체든 신기생동神氣生動하게 쓰려 하나 그것은 꿈일 뿐이다. 문방사우(종이, 붓, 벼루, 묵)가 서로 수군거리다 "장법章法 구사는 쉽게 이룰 수 없는 일. 먹물로 호수가 검게 될 지경이 아니고선 어림

없습니다."라고 넌지시 말하는 듯싶다. 그렇다. 그야말로 반추 없이 무작정 썼을 뿐이다. 서체를 두루 익히며, 문장의 의미를 알고 반복하니 새로운 경지가 펼쳐진다.

거친 밥이라도 50번 씹으면 진미가 난다. 반추가 안겨준 맛이다. 잘게 분해하고 침으로 배합함을 거듭하여 이루는 정점, 그 정점을 통과해야만 비로소 최상의 발효가 됨을 소가 가르쳐 준 것이다. 모처럼 여러 번 씹으며 식사를 하니, 가족과 함께 담소하고 소화도 잘 되니 일거양득이다. 왜 진즉 깨닫지 못했을까. 소의 반추를 통한 발효 정점처럼, 글짓기와 글쓰기에도 반추의 정점이 있다는 것을! 정점에 도달해야만 비로소 내면의 신비함이 우러나고 빛을 발하는 데, 도달하기 전에 그만두니 신기생동함과 감동을 볼 수도 느낄 수도 없다.

일터로 향하는 황소의 발걸음, 워낭 소리에 맞추어 황소가 되새김질하니 송아지도 따라 한다. 올해의 좌우명 '소처럼' 반추해야겠다.

윤년 행사

2020년은 윤달이 든 윤년이다. 특히 올해 2020.02.02는 천년에 한 번씩 마주 보는 날이기도 하다. 4로 나누어서 딱 떨어지는 해. 2월이 29일이고, 음력 윤달이 있는 해다. 우리나라에는 국회의원 선거가, 미국에는 대통령 선거가 있고, 스포츠 행사로는 하계 올림픽과 유럽 축구 선수권대회가 열린다.

윤달은 재액災厄이 없다 하여 어떤 일을 하더라도 전혀 거리낌이 없다고 믿어왔다. 미루어 왔던 집 짓기나 집수리를 하고, 이사를 마음대로 해도 좋다고 여겼다. 조상 묘를 이장하며, 사후의 관이나 수의壽衣를 마련했다. 장독대를 옮기려면 윤년을 기다려야 한다. 변소를 고치는 일도 함부로 할 수 없어 윤년을 기다린다. 평소 조바심하고 삼가는 일들을 마음 놓고 할 수 있는데 연유는 알 길이 없다. 예로부터 통속적으로 따를 뿐이다.

한데 올해는 연초부터 힘든 시련이 몰려왔다. 중국 우한으로부터 상륙한 코로나가 일 년 내내 오락가락하다가 연말이 되어 더욱 기승을 부린다. 국가 전반이 흔들리는 소리가 요란하다. 백신을 언제 맞게 될른지 걱정을 한다. 안보가 따로 없다. 액이 없는 좋은 해로 여겼는데, 나는 2월부터 사시斜視를 비롯해 간암, 안면마비 구안와사, 다리 경련 등 4중고를 겪어야 했다. 다행히 수필집 출간과 서예와 수필 창작의 희열 속에 병마를 치유하며 한 해를 마감하고 있어 하늘에 감사한다.

음력 4월이 윤달이고 초닷샛날이 아버님 기일이라 고향을 찾았다. 한식 성묘를 못해서 부모님 산소를 찾으니 감회가 어린다. 부모님 산소는 제비리 개화대開花垈, 노송이 우거진 산을 뒤로 하고, 칠봉산과 대관령을 바라보며 정기精氣를 느끼는 곳이다. 제단 앞은 잔디로 덮여 있고, 제단 아래는 자연석으로 석축을 쌓고, 자연석 사이에 영산홍이랑 꽃잔디를 심었다. 먼저 가신 아버님을 그리며 어머님께서 제전 앞에 할미꽃 몇 그루를 심고 29년 후에 아버님 곁으로 가셨다. 그 할미꽃이 피니, 외롭지 않게 제비꽃들이 자생하여 마주하고 있다. '개화대' 지명답게 꽃들이 활짝 피어 오가는 사람들의 눈길을 끈다. 할미꽃이 고개 숙여 예의를 표하고 있어 가슴이 찡하다. 어머님이 꽃을 좋아하시어 일곱째 막내 아우와 여덟째 여동생이 정성껏 심고 가꾼 꽃들이다.

기제가 끝나고 막내아우가 전격적으로 부모님 산소 곁에 형제들의 가족묘를 제안했다. 남매들이 출가하여 흩어져 살지만, 저세상에 갈 때는 고향 둥지에 모이자는 간절한 말에 다들 숙연해졌다. 나는 이승을 하직할 때 수목장을 하겠다고 아내한테 말했었는데 그만 눈을 감았다.

형님부터 부부와 상의하여 좋다고 하신다. 내 차례가 와서 아내에게 눈을 돌리니 부모님 곁으로 가자는 게 아닌가. 먼저 가신 큰 형님은 이장을 하겠다고 장조카가 의사를 표명했고, 뜻밖에 여동생 둘도 함께 모여 잠들겠다 하여 눈시울이 뜨거워졌다. 부모님께 받은 핏줄들이 다 모이게 되었다.

겨울밤이면 화롯가에서 정담을 나누고, 함께 사계절 꽃이 피는 소리를 듣게 되었다. 막내 여동생은 할머니가 되어 참여하니 어머님께서 할미꽃을 심었듯이 그 할미꽃 몇 그루를 구해와 내년에 묘소에 심겠다고 했다. 할미꽃. 할미꽃은 보고 싶은 사람을 그리워하며, 벼이삭처럼 자라게 해 준 땅에 감사하느라 고개를 숙인 게 아닌가! 막내는 역시 지혜롭다. 오빠들과 할 얘기가 많아 좋겠다고 너스레를 떠는 매제가 너무 고마웠다. "내가 왜 미처 이 생각을 못 했을까?" 막내아우가 듬직하게 느껴졌다. 여덟째 여동생의 슬기와 막내 여동생 지혜가 한자리에 모여 부모님을 모시게 되었으니 감개무량함을 느꼈다.

가족묘 설계와 배치는 셋째 형님과 일곱째 아우가 하기로 했다. 윤년이 가기 전에 서둘러 부모님 곁에 가족묘를 설치했다. 나와 아내가 저세상에서 다시 만날 생각을 하니 기분이 묘했다. 추석이 지나 청솔공원의 큰형님을 모셔와 안장하니 큰형수님의 얼굴이 환해지셨다.

제전 석축 아래 잡초가 자라 자갈을 깔았는데, 여전히 풀이 무성하여 벌초 아닌 벌초를 두세 번 해야 했다. 석분 썩힌 자갈이 애물단지였다. 후손들의 일감을 덜어주기 위해, 비용이 들더라도 제거하기로 했다. 포클레인과 트럭을 동원했는데, 트럭 운전기사가 버리시려면 필요한 곳이 있으니 가져가도 되겠냐고 하더란다. 처분하려 골머리를 앓았는데 한 푼도 안 들고 제전 아래쪽이 말끔해졌다. 조상 덕을 본 셈이다.

부모님 봉분과 자식 가족묘 사이에 예의 탯돌이 자리했다. 별이 빛나는 밤, 아버님은 탯돌에서 도라지 타령을 부르시면 어머님은 학춤을 추시고. 9남매는 휘영청 달을 보며 강강술래를 돌게다. 내년 봄이 오면 어머님께서 키우시던 목화를, 아버님이 좋아하셨던 도라지를 제전 아래에 심을 수 있게 되었다.

어릴 적 목화 꽃이 피면, 나비와 잠자리를 잡느라 목화밭을 헤맸고, 달착지근한 열매를 따 먹었다. 열매가 마르면 솜틀집에 맡겨 폭신한 솜이불을 만들었다. 그 이불이 어머님 품처럼 그리워, 자갈을 깔기 전에 제전 아래 목화를 심었었다. 도라지꽃이 피면 아버님의 청아한 도라지 타령을 들을 수 있을 것 같다.

세상이 어지러워도, 윤년은 잘 풀리는 해임에 틀림없는 것 같다. 형제자매들이 잠들 부모님 곁을, 살아생전에 자주 찾는 순례자가 되어야겠다.

풍선 효과

  야외 축제를 할 적에는 애드벌룬을 하늘 높이 띄워 축제를 알리고 분위기를 고조시킨다. 공기보다 비중이 낮은 수소나 헬륨 가스를 넣은 풍선이 가벼우니 풍선을 매단 애드벌룬은 높이 뜬다.

  시골 초등학교에서 운동대회가 열리면 애드벌룬이 하늘 높이 뜬다. 학생들은 엄마 아빠의 손을 잡고 신나게 학교로 간다. 세상에서 가장 신나는 길이다. 가족 체육대회로 주민을 화합시키는 매체가 풍선이다.

  엿장수가 엿을 파는 곳에는 항상 색색 풍선이 있었다. 풍선 안에 색이 들어 있는 줄로 알았다. 양은 주전자를 갖고 와 엿으로 바꾸어 엿치기를 한다. 고무주머니를 입으로 불어 만든 풍선을 들고 뛰어다니던 철부지 시절이 그립다.

  요즈음 풍선효과란 말이 많이 나온다. 풍선 한쪽을 누르면 다른 쪽으로 불쑥 튀어나오는 것을 빗대어 어떤 일을 추진하면 다른 방향으로 예상치 못한 일이 발생하는 현상을 일컫는다.

풍선을 이용한 사례는 많다. 풍선 내시경은 내시경 끝에 풍선을 달아 대장 속 공간을 확보하면서 내시경이 따라 들어가 촬영하여 수술을 할 수 있게 한다. 풍선 내시경이 없다면 개복을 하여 수술할 수밖에 없다.

대형 풍선은 통신 및 전달 수단으로 활용된다. 탈북 단체가 북한으로 띄워 보내는 대형 풍선 전단 행사가 보도된다. 원통형 풍선에 전단지와 쌀을 담은 페트병을 넣어 휴전선 부근에서 이북으로 날려 보내는 행사다. 이 풍선이 북풍을 타고 북한으로 날아간다. 탈북자들은 부디 풍선이 날아가 북한 주민들과 군인에게 닿기를 기도한다.

전단지 내용은 김정은 억압 독재 체제와 굶주린 북한 실상, 자유로운 남한의 생활상을 알려주는데, 이에 대해 북한이 매우 민감하게 반응하고 군사적 위협도 서슴지 않으니 풍선효과는 대단하다. 북한에서는 맞대응 풍선 전단을 띄우겠다고 엄포를 놓지만, 북한이 보낼 전단지는 남한에 아무 소용이 없으므로 시행하지 않는다.

우리 정부는 대북 풍선 전단지에 대하여 전전긍긍하며, 대북전단 규제를 위한 법을 만들어 원천적으로 봉쇄하겠다고 하니. 북한 정부가 서울에서 법을 만들어 발표하는 듯싶다.

한동안 대북 전단 풍선 얘기가 잠잠해지는가 싶더니, 바람도 없는데 부동산 풍선효과로 세상이 떠들썩하다.

올해 들어 이색적인 풍선효과가 여기저기서 나타난다. 바람직한 방향의 풍선효과라면 얼마나 좋겠는가. 부동산, 코로나, 외교, 에너지, 교육 등 반갑지 않은 풍선효과가 몰아쳐 선량한 백성들을 불안에 빠뜨린다. 발 없는 말이 천리 간다는 속담처럼 풍선효과는 하늘에서 알려주니 번갯불처럼 빠르게 확산된다. 정부가 시장원리를 중시하여 정책을 펴간다면 부동산 풍선효과 같은 어처구니없는 사례는 없으리라 본다. 시장 경제를 명확히 알지도 못하면서 아는 척 한 탓에 부동산 풍선효과는 일파만파 전국적으로 퍼져나갔다. 돈 주고 시키지도 않았는데 순식간에 퍼졌다.

강남에서 강북으로, 서울에서 수도권과 지방으로, 주택에서 주상복합으로, 주택 매매에서 전세와 월세로, 골프 회원권으로 상승세가 이동한다. 무엇보다도 서글픈 것은 연애, 결혼, 출산에 이어 여러 가지 삶의 가치를 포기한 20~30 N포세대가 이성을 잃고 주식 투자에 뛰어든다는 소식이다. 거기다 차곡차곡 모은 돈으로 모처럼 주택을 마련하려는 선량한 시민들은 모조리 투기꾼으로 몰릴 판이다.

집값, 전세값이 천정부지로 오른다. 부동산 규제 정책 실패를 세금을 통해 만회하려는 것은, 결국 부담이 국민에게 돌아가니 멀쩡한 국민들은 하늘 보고 한숨만 쉰다. 부동산 풍선효과는 진화를 거듭했는지 한 군데만 눌러도 여러 군데가 튀어나오니 천방지축天方地軸이다. 아! 어쩌면 좋으련가.

코로나 방역 성공을 홍보하여 총선에서 압승했으면, 저출산 문제, 미래 성장 동력을 전문가들이 철저히 분석하여, 실행 정책을 입안해야 하는데 모든 것을 정치적으로 해결하려다 스스로 덫에 걸려든 형국이다. 복덕방 사장보다 모르면 공부를 해서 분명한 대책을 내놓아야지, 하는 족족 어설프게 공염불을 내놓는다. 가뜩이나 코로나로 어지러운 세상을 요지경으로 만들고 있다.

그렇다고 이게 다 남의 탓일까. 기성세대는 이기심에서 떳떳하여 하늘 우러러 한 점 부끄럼 없는가, 정치를 탓하기 앞서 나부터 반성해 본다. 풍선효과를 쫓아다니지 않고, 땀과 노력의 대가로 당당하게 살아가는 세상을 후손들에게 물려주고 싶다.

- 창작수필 제118호 게재

할머니 미소

집에서 지하철역을 가려면 옛적부터 마을을 지켜온 정자나무를 지난다. 공원 길목 나무 아래서 주 3일 장이 선다. 장날이 월, 수, 금요일. 봄에 시작하여 늦가을까지 열린다. 할머니가 "푸성귀 사세요. 푸성귀 사세요."라며 활짝 핀 미소를 지으며 호객 행위를 한다. 상품은 로컬 후드. 계절 따라 노지, 텃밭에서 소출한 푸성귀부터 다양하다.

시장을 개설한 분은 할머니다. 일산 5일장에서 행상을 하다가 이곳에 장을 개설했다. 회화나무 잎이 돋아날 때 봄 장을 연다. 월요장이 제일 푸짐하다. 휴일 이틀간 준비한 것에다 이웃에서 위탁한 상품까지 합치면 열 가지가 넘는다. 정확히 아침 10시에 장을 연다. 파라솔 밑에 채소류를 놓고 바깥으로 햇볕을 받아도 되는 상품들을 진열한다. 고향의 봄 냄새가 진을 친다.

이른 봄에는 메주 앞에서 장 담그는 비결을 설명하느라 정신이 없다. 손님이 오면 장 담그는 법을 들으라 한다. 웃으며 장을 담그면 장이 달다고 했다. 저녁 무렵 귀가할 때 보면 메주가 다 팔렸다. 수요장에는 뚱딴지(돼지감자)와 냉이, 달래가 등장한다. 금요장에는 돌미나리, 해쑥이다. 돌미나리 줄기가 붉은 자색을 띤다. 살짝 데쳐 초장에 찍어 먹으면 향긋한 맛에 반한다.

마트에서 파는 상품과는 차원이 다른, 섬유질이 풍부한 신토불이 특산품이다. 고향 냄새가 물씬 나는 푸성귀들. 그 진가는 먹어보면 안다. 5월이면 앵두, 오디와 보리수, 일산 열무가 뒤를 잇는다. 초여름부터 풋 마늘과 쪽파, 가지와 깻잎, 애호박과 호박 잎, 오이, 노각에 이어 옥수수, 감자 등 온갖 농산물이 등장한다. 가을에는 표주박, 늙은 호박과 더불어 추수한 곡식과 나무 열매, 들기름, 참기름 등이 자리다툼을 한다.

어떤 것은 깎아주고 어떤 것은 한 푼도 안 깎아준다. 위탁품은 에누리가 없다. 깎자고 우기면 자기 물품을 얹어주며 깎지 말라고 통사정을 한다. '장희네, 순이네, 복순네' 물건을 팔 때마다 꼭꼭 기록을 한다. 위탁품을 다 팔면 미소를 지으면서 본격적으로 자기 물품을 판다. 이웃 사랑과 배려가 남다르다.

지나가는 사람들에게 미소를 짓는다. 눈언저리부터 짓는 할머니 미소는 티 없이 맑다. 푸성귀도 푸짐하지만 정겨운 미소로 단골 손님이 늘어난다. 봄나물부터 산에서 채취한 버섯을 장에 내다 파셨던 어머님 얼굴이 떠오른다. 장이 서는 날, 귀가 할 적에는 일부러 할머니 곁으로 온다. 물품이 소진되면 기분이 좋았고, 아직도 많이 남았으면 걱정이 되었다. 그렇게 나도 모르게 할머니 가족이 되어갔다.

"장바구니 아저씨가 지나가기를 기다렸어요."라고 하신다. 팔다 물건이 남았기에 기다린 모양이다. 가방 속에 접는 장바구니를 갖고 다니니 할머니는 날 보고 '장바구니 아저씨'라고 부른다. 주머니에서 따뜻한 커피 캔을 꺼내드리면 고맙다며 미소 지으니, 작은 적선의 기쁨을 누린다.

"뭐 좀 사시겠어요?"라며 남은 물건들을 가리킨다. 오전에 지나갈 적에 안 보이던 푸성귀들이다. 떨이를 하려고 미소 작전을 편다. 사서 손해 볼 것이 없으니 안면 바꾸고 흥정한 후 배춧잎 돈을 내민다. 거스름돈이 없다며 물건으로 쳐주다가, 나머지는 거저라며 담는다. 이래저래 장바구니는 넘친다. 다 팔았다며 손을 털고, 화장실에 다녀올 테니 자리를 봐달란다. 돌아오시는 손에 아이스크림이 들려있다. 옛날 어머님이 하셨듯이 하나 먹으라며 건네주신다. 장을 파하고 귀가하는 길, 장바구니에 가득한 푸성귀에 미소가 어린다.

어버이날, 아내와 함께 다슬기 해장국집에 갔더니, 뜻밖에 3일장 할머니 가족 10명이 예약실로 향한다. 할아버지가 할머니 손을 잡고, 아들 며느리 손자들이 따랐다. 방에 들어가시자 오랜만에 들어보는 가족들의 웃음소리다.

계산을 하려는데 "계산을 하셨어요. 할머니가 하셨어요."라고 한다. 못 본 척했는데 식대를 지불하다니 난감했다. 용기를 내어 문을 열고 인사를 드렸더니, 항상 신세 지는 장바구니 아저씨라며 가족에게 소개했다.

할머니는 물건만 파는 게 아니라 미소 속에 마음을 사고파는 분이셨다. 가을이 끝날 무렵 할머니 가슴에는 내년 봄이 아른거린다. "장바구니 아저씨. 내년 봄에 봐요."라며 늦가을을 뒤로하고 귀가하셨다. 봄이 왔건만 주 3일장이 열리지 않았다. 어디 아프신 건가. 90세 할머니라 걱정이 앞섰다. 오가며 바라보지만 빈자리에 바람만 스친다.

5월 어느 날 그 자리에 파라솔이 보인다. 혹시나 하며 부리나케 가니 마스크를 쓴 할머니가 눈 미소를 지으며 반긴다. 코로나로 며느리가 말려 여태껏 장을 못 열었다며, 설득하느라 애가 탔단다. 아! 얼마나 보고 싶었던 할머니 미소던가. 마스크를 쓰시니까 온 미소가 눈언저리로 올라와 눈꽃이 피었다. 꼬박꼬박 장을 여니 할머니 미소를 볼 수 있어 좋았다. "푸성귀 사세요. 푸성귀 사세요." 활짝 핀 할머니 미소가 나를 부른다.

– 산림문학 제 41호 게재

제5장
황금 낙엽

겨우살이

집 앞 정거장에서 버스를 기다리는데 까치가 날아간다. 모이를 문 까치였다. 유심히 바라보니 아기 까치들이 입을 내밀고 반긴다. 키 큰 플라타너스 윗가지의 둥지다. 사람이나 새나 따뜻한 보금자리다.

둥지 모양으로 자라는 나무도 있다. 까치집처럼 가지 사이에 둥지를 트고 겨울을 나는 나무가 겨우살이다. 사철 푸른 상록수로 겨울에도 죽지 않는다 하여 겨우살이라 일컫는다. 겨우살이는 침엽수와는 동거하지 않는다.

울창한 수목, 오염되지 않은 청정 지역의 나무에 뿌리를 내려 살기에 기생목이라고 한다. 모체 나무에 거의 해를 끼치지 않고 광합성으로 스스로 살아가며, 사람에게는 약용으로 활용 가치가 높은 관목이다. 모체 나무는 활엽수이니 낙엽이 질 때 추운 겨울을 잘 버티라며 나무의 영혼을 불어 넣는다. 봄이 찾아올 때까지 겨우살이가 푸르게 겨우내 살아가기에 겨우살이라고도 한다. 내가 즐겨 복용했던 약재다.

겨우살이와의 만남은 잊지 못할 추억이다. 25년 전 고교 졸업 30주년 기념행사에 참석하는 동행자들이 가는 길에 동해를 바라보고자 발왕산 정상을 향했다. 삼삼오오 곤돌라를 타고 중간 지점을 지나 정상을 오르는데 참나무에 웬 푸르른 까치집이 여기저기 있었다. 가까이 지나가며 자세히 보니 겨우살이가 아닌가! 약초상이나 장터에서 본 적은 있지만 실제로 자라는 것은 처음 보았다. 곤돌라를 멈출 수는 없고, 멀어져 가는 겨우살이에 눈을 뗄 수 없었다. 정상에서 '겨울연가' 촬영지며 천년 주목을 돌아보았지만 뇌리에는 겨우살이가 뱅뱅 돌았다. 10월 첫눈이라 단풍이 눈 속에서 선명한 색을 발한다. 장관이다.

하산할 때 겨우살이를 잘 볼 수 있는 자리에 앉았다. 올라갈 때와는 다른 모습이다. 나를 다시 만나려고 단장을 하지는 않았을 터. 그새 눈이 녹으며 세수를 했으니 녹색 잎들이 청초하고 윤기가 났다. 반투명 연노란색 열매가 앙증맞고 탐스럽다.

해발 700미터 지점에서 자라는 겨우살이 열매는 둥글고 연한 황색으로 익는데, 먹을 것이 부족한 겨울철에 새들의 좋은 먹잇감이 된다. 새들이 모처럼 가지에서 먹다가 열매가 끈적끈적하여 부리를 나뭇가지에 부비며 토해낸 씨앗이나 배설물이 그 자리에 활착하여 뿌리를 내린다. 겨우살이는 자생할 수 없으니 그 은덕을 잊을 수 없어 새둥지 모양으로 자라 새들에게 휴식처를 제공한다. 갸륵한 보은報恩 식물이다. 좁은 터전에서 자라는 작은 관목이지만 온 정성을 다해 약성을 키운다.

겨우살이의 뿌리와 줄기는 해독 기능이 뛰어나 한방에서 신장 기능 강화와 요산 해독을 위해 쓰인다. 또한 허약 체질 개선과 면역력 증진, 성인병에 좋다고 알려져 있다. 특히 산뽕나무에 기생하는 겨우살이는 '桑上寄生상상기생'이라 하여 임금만 먹는 귀한 약재다.

겨우살이는 기생하는 나무에 따라 독성이 있기도 한다. 참나무 겨우살이는 독성이 없어 별도 법제法製 처리를 할 필요가 없다. 말려 차로 끓여 먹으면, 혈행에도 좋고 신장 기능에 좋음을 느낄 수 있다. 술독을 푸는 데도 효험이 있어 수년간 복용해 왔다.

동네 수요장이 서면 건강식품 가게에 들러 '참나무 겨우살이'를 산다. 단골손님이라 반기며, 이번에 나온 겨우살이는 청정산 참나무에서 채취하여 잘 말렸으니, 약발이 잘 받을 거란다.

발왕산 겨우살이가 보고 싶다. 동쪽 하늘을 바라보니, 산이 오라고 손짓한다. 덩달아 겨우살이도 어서 오라고 손짓한다.

대추나무

집 앞 '자연팜' 과일가게를 지나는데 '황실 대추' 왕대추 입하란 표지가 눈길을 끌었다. 국내산 왕대추가 빛깔이 곱고 먹음직스러워 한 팩을 샀다. 보통 대추의 4~5배 크기다. 예부터 삼실과 대추, 밤, 감 중에 으뜸이 대추다. 지방마다 제사 상차림이 약간씩 달라도 조동율서棗東栗西나 *조율이시棗栗梨柿로 맨 먼저 오르는 과일이 대추다. 조상을 섬기며 자손을 번창시키는 과일로 여겨왔다. 임금을 상징하는 대추, 왕대추를 먹어보니 식감이 사각사각하고 새콤달콤하다. 죽은 자나 산 자로부터 사랑을 받기 위해 태어나 가시 속에서 자란 대추다.

혼인식 날 며느리의 첫 절을 받은 시어머니가 폐백 상의 대추를 집

---

* 조율이시: 제사상에 오르는 과일 차례가 대추, 밤, 배, 감이라서 조율이시다. 조율이시는 씨앗 순서인데, 대추 조棗는 씨앗이 하나라서 임금을 상징하고, 밤 율栗은 밤송이의 밤이 세 톨은 삼정승을 뜻하며, 배 이梨는 씨가 여섯 개로 육조판서(이, 호, 예, 형, 병, 공조)를, 곧감 시柿는 여덟 개로 조선 팔도를 의미한다고 한다.

어 며느리 치마에 던져주는 풍습이 있다. 관혼상제 때 음식 마련에 필수적인 과일이다. 제사를 지내시고 도포 소매 속에 간직했다가 잠이 깬 나에게 건네주시던 아버님 사랑이었다.

아버님께서 울타리 안에 배와 감나무를 심고, 마당에서 좀 떨어진 곳에 오동나무 두 그루와 대추나무를, 뒷산에 밤나무를 심으셨다. 감, 밤, 대추나무는 조상을 모시려고, 오동나무는 소를 매는 나무지만 훗날 딸을 낳으면 농을 만들려는 마음에서 심으셨다. 대추나무를 마당에서 떨어진 곳에 심으신 것은 벼락을 자주 맞는 나무이기 때문이었다. 대추나무 가시가 피뢰침처럼 유도하는 번개는 수천 볼트의 고전압으로, 나무의 수분을 순간적으로 증발시킨다.

벼락을 맞아 응축된 대추나무는 목질이 단단하고 내마모성이 강해 방망이나 떡메로 사용했다. 양의 기운이 극에 달해 팔찌나 염주로 만들어 몸에 지니면 음의 기운이나 잡귀가 가까이 접근하지 못하며, 행운을 지켜준다고 믿었다. 도장목으로도 많이 사용하여 왔다.

대추나무 덕분인지 우리 남매는 칠형제에 여동생이 둘이다. 대추나무는 유실수 중에 가장 늦게 잎이 나온다. 다른 나무들은 푸름을 구가하는데 마른 가지가 죽은 듯 애를 태운다. 아버님은 오가며 지게 작대기로 대추나무에 매를 치신다. 겨울잠을 오래 자는 잠꾸러기를 깨우듯 인정사정을 두지 않고 치셨는데 다 이유가 있었다.

옛날, 조상님을 모시려고 대추나무를 심었는데 대추가 열리지 않자, 고을 수령에게 고발하여 곤장을 맞은 대추나무가 비로소 열매를 많이 맺게 되었다는 설화를 아버님은 알고 계셨다. 대추나무는 겨울을 난 가시에 물이 오르고 가시가 난 후에야 싹이 나지만, 빠르게 성장하여 개화에 합류한다. 매를 맞으며 종족 보존의 위험을 느꼈는지 나뭇가지가 부러질 정도로 주렁주렁 열리니 막대 나무로 열매가지를 받쳐주었다.

푸른 대추 열매가 가시 속에서 자라며 햇볕을 받으면 껍질이 반들반들 붉어지며 당도가 높아진다. 밤, 배는 벌레가 먹지만 대추는 벌레가 없다. 추석 무렵이면 영글어 잎사귀 사이로 연지 바른 얼굴을 내밀며 풍성한 한가위 달을 맞이한다. 과일 중에 으뜸인 대추는 우리 몸에 양陽의 기운을 보충해 준다. 가시밭길을 걸어 온 대추의 모습은 우리네 인생과 닮아있다. 부드럽고 고왔던 청춘의 살결이 늙으면 주름살이 생기듯, 대추를 말리면 매끈한 껍질에 주름살이 생기며 맛이 깊어진다. 주름살은 결코 부끄러운 것이 아닌 자연의 섭리다.

건 대추가 약재의 독을 중화시키며, 삼계탕과 약식의 영양을 배가시키는 촉매제다. 떡이나 음식의 고명으로, 한약의 조혈제로 쓰이는 귀한 몸이시다. 내 고향의 약식 만드는 방식은 초벌 고두밥에 곶감을 버무리고 잣과 대추를 넣어 시루에 담아 밤새도록 찐다. 흑설탕으로 만든 약식과는 전혀 다른 맛이다. 차원이 다르다. 대추가 독특한 풍미를 내면서 소화를 돕는 것 같다.

대추는 싱싱한 제철 과일로, 또한 심신을 다스리는 대추차로 사랑을 받는다. 겨울 바다를 찾아 훈련소 입소 동기가 운영하는 솔밭 커피집에 들르면 따뜻한 대추차로 반긴다. '벗이 있어 먼 곳에서 찾아 왔으니 이 또한 기쁘지 않은가(有朋自遠方來 不亦悅乎)!' 고향의 향기가 서린 대추차에 단전이 따뜻해짐을 느낀다. 전나무 숲을 걷고 전통찻집에 들러 사찰의 지붕 곡선을 바라보며 즐기는 대추차 향기는 한편의 서정시다.

나는 수족 냉증이 심하여 대추를 즐겨 먹는다. 대추는 귤보다 비타민이 무려 7배 이상 많으며, 몸속의 노폐물을 배출시켜 면역력을 증진시키고, 몸에 온기를 주어 체온을 상승시킨다. 혈액순환과 신진대사를 원활히 해 주고, 천연 당분을 통해 스트레스 완화와 심리적 안정을 안겨준다고 알려졌다. 사람 체질에 따라 다를 수 있으나 겨울 건강관리에 상당히 도움이 되리라고 믿는다.

새콤달콤한 왕대추 세 개로 허기를 채우니 간식으로 그만이다. 참좋은 세상에 살고 있다. 어릴 적 대추가 익으면 장대로 대추를 털어서 아우와 주워 먹었고, 정월 대보름이면 가시가 앙상한 대추나무 옆에서 연을 높이 띄우고 주머니에서 말린 대추를 꺼내 나누어 먹었으니, 예나 지금이나 대추는 사랑이다.

메타세쿼이아 길

산책길이라는 말만 들어도 고요해진다 걸으며 풍광을 즐기고 명상을 할 수 있다면 나이 든 이에게 더 바랄 게 없다. 고독을 뒤로하고 걷는 길이다.

구반포 서실에 다닐 때 메타세쿼이아는 아름드리 몸매에다 키가 5층 아파트까지 올라가 미루나무보다 잘 자라는 침엽수라고 생각했다. 가로수로 줄지은 담양 메타세쿼이아 길을 처음 걸었을 때 외국 온 기분이었다.

10년 전 호수공원에 메타세쿼이아가 등장했다. 10m쯤 크기의 성목을 이식했는데, 몸살을 앓듯 파리했다. 내가 고향을 떠나 타향에서 적응했듯이, 메타세쿼이아도 이식한지 3년이 되자 토양에 적응하여 제 모습을 찾았다.

메타세쿼이아는 신비의 나무다. 약 2억 년 전 공룡들과 함께 살다 화석에서만 존재하는 나무로 알려졌다. 사라진 줄 알았는데 기적적으로 1946년 중국 양쯔강 상류에서 현존하는 나무로 발견되었다. 1950년도 미국으로부터 우리나라에 도입되자 단기간에 자손을 많이 퍼트려 곳곳에 메타세쿼이아 숲이 조성되었다. 매년 1M씩 자랄 정도로 성장이 빨라 금세 아름드리 거목이 된다. 2억년이 지났는데도 자태가 단정하고 귀족적이며 기품이 고상하다.

하늘을 향해 쭉쭉 자라며 나무 전체 모습이 원뿔 모양이다. 군락을 이루어 숲의 진수를 보여준다. 사계절 운치를 달리하며 초봄에 가지마다 새 잎이 자라 신록을 이루는 나무로 송충이나 해충이 없다. 세계에서 가장 큰 80m까지 자라는 세쿼이아를 닮았고 '나중'이라는 뜻 메타가 붙어 메타세쿼이아로 명명되었다. 은행나무와 더불어 해충에 시달리지 않으며, 태풍이 불어도 쓸어지지 않는 뿌리 깊은 나무, 사색思索의 나무다.

여명이 틀 때 기지개를 켜고 집을 나선다. 새벽 공기에 숨을 즐기고 호수 공원에서 여유로운 산책을 할 참이다. 평화누리길 4구간 행주나루길. 도로공원을 따라 호수 공원으로 발길을 옮긴다. 산책 코스는 청평지 → 호수공원 애수교 → 백송 새벽인사 → 호수교 아래서 동호인들과 건강 체조 → 악어화장실. 나는 공룡이 된 듯 메타세쿼이아 길에 진입한다.

앞을 내다보면 신생대의 나무가 도열해 서 있다. 화석 벽화가 아니다. 발바닥 용천혈에 힘을 주어 모래 흙길을 뚜벅뚜벅 걸어가면 메타세쿼이아는 신생대 친구가 반가워 피톤치드를 마구 뿜는다. 약

1.2km 거리인 메타세쿼이아 길을 걸으면 피톤치드와 음이온으로 심신이 상쾌하고 머리가 맑아진다. 이 길은 명상의 길이며 지혜를 주는 산책길이다.

호수공원에 오면 반드시 이 길을 찾아 메타세쿼이아를 안고 귀를 대면 태고의 전설이 들린다. 마음을 비우고 한 점 부끄럼 없이 하늘을 바라보며 살아온 나무, 그 메타세쿼이아 길에 동이 튼다. 행주산성 봉우리의 그림자가 여명의 호수면 위로 내려오고 멧비둘기는 "구~ 꾸" 뻐꾸기는 "뻐꾹" 숲속의 잠을 깨운다. 메타세쿼이어 길은 아침을 활기로 가득하다. 농수로 건너 편 텃밭에서 노부부가 이슬을 털며 농작물을 손질한다. 이 길은 전원 풍경이 어우러져 그 정취를 듬뿍 느낄 수 있는 서정적인 길이다.

메타세쿼이아는 키가 60m 직경이 2.5m까지 자란다. 해를 거듭할수록 하늘을 향하여 자라더니 도토리나무보다 큰 30m 높이가 되자 호수 건너편 은행나무를 바라보며 화석 나무 동기의 우애를 다진다.

메타세쿼이아 길을 따라 장항동 마을 농수로가 흐른다. 산책길 울타리와 농수로 사이에 야생화 화단이 있다. 새벽이슬을 머금은 개양귀비 꽃이 더욱 붉다. 메타세쿼이아 길 종점, 중국 흑룡강성에서 기증한 육각 전통정자인 학괴정鶴瑰亭에 오르면 약초섬 부근에 호수 안개가 솟아오르고 부들 줄기로 영롱한 새벽이슬방울이 굴러 내린다. 자연이 숨 쉬는 호수다.

농수로 다리 위에서 푸성귀를 파는 아주머니를 만난다. 새벽 6시에 좌대를 펼치고 싱싱한 채소들을 판다. 갈 때마다 들러 봄나물이며 돌미나리 상추를 사면 이것저것을 덤으로 준다. 우리 동네에서 푸성귀를 팔던 할머니의 미소를 볼 수 없어 서운했는데 여기서 노지 푸성귀를 파는 아주머니를 만나 다행이다.

귀가하는 길. 행주나루길로 들어서서 청평지 공원 흔들의자에서 잠시 요람을 즐긴다. 일산 호수공원은 월파정에서 분수대까지의 자연호수와 청평지 자연호수 사이에 인공호수를 설치하고 호수교가 그 위를 가로질러 자유로와 일산 신도시를 연결했다.

메타세쿼이아 길을 오가며 지나는 청평지는 솔내음길과 샘터광장에다 소나무와 도토리나무 군락지 사이로 야자매트 길, 자갈 지압로, 맨발 산책로와 세족洗足장이 있다. 도토리 관리자 다람쥐가 언제나 반갑게 맞이한다. 이 근방은 호젓하여 혼자 무작정 걷기 좋다.

만보 걸어 집에 도착하면 8시경, 아침 식사로 싱싱한 푸성귀 쌈밥은 어떤 진수성찬보다 낫다. 쌈에다 귀리 보리밥과 강된장을 얹으니 최고의 밥상이다. 새벽에 산책하고 채소를 구할 수 있으니 일석이조다. 메타세쿼이아 길을 산책한 날은 마음이 평온하다.

안빈낙도安貧樂道로 이끄는 선인의 길. "거친 밥을 먹고 물 마신 뒤에, 팔 베고 누웠으니 그 가운데에 즐거움이 있도다. 의롭지 않은 방법으로 부귀하게 되는 것은 나에게 뜬구름과 같다."라는 논어 구절을 되뇐다.

오늘처럼 내일도 걷고자 메타세쿼이아 길로 새벽 산책을 나서련다.

선재길 오색단풍

산중의 산으로 영동에는 설악산이요, 영서에는 오대산이다. 백두대간의 명산으로 설악산이 날렵한 모습이라면 오대산은 불교의 성지답게 온화함과 중후함을 느끼게 한다.

나는 영동에서 태어났지만, 중학교 시절부터 인연을 쌓아온 산으로 오대산에서 어머니 품속을 느낀다. 비로봉을 주봉으로 호령봉, 상왕봉, 두로봉과 동대산을 거느린 오대산은 남한강의 발원지며 배달겨레의 가슴이다.

단풍철에 승용차로 고향을 찾을 때면 좀 일찍 출발하여 오대산을 향한다. 속사 IC에서 나가 신약수에 들러 탄산 약수로 목을 축이고, 구불구불 고개를 넘으면 방아다리 약수 안내소에 이른다. 반기는 전나무 숲길이 시원하다.

산바람이 찌든 몸을 씻는다. 새소리 물소리를 들으며 가다보면 방아다리 약수터다. 철분이 많은 탄산 약수 한 바가지를 들면 트림을 한다. 약수터 가게에서 약수로 담근 막걸리 한잔을 걸치면 주선(酒仙)이 부럽지 않다. 언제 와도 환상적인 약수길이다. 몸을 추스르고 월정사로 향한다.

오대산 입구 매표소에서 정차하고 일주문을 거쳐 전나무 숲길과 월정사 경내를 들러 보고 서둘러 선재길로 향한다. 선재길 섶다리까지 갔다가 돌아오며 단골 식당에서 산채 식사를 한다. 산나물 향기가 입안에서 맴돈다.

중학교 1학년 여름방학 때 문예 수련이 오대산 비구니 사찰 지장암에서 있었다. 흰돌 시인 원영동 선생님과 남녀 10여명이 기숙하며 시를 짓고 낭송하며 지도를 받던 때가 60여 년 전이다. 오대천 기슭을 따라 오가며 시상에 잠겼던 길 또한 선재길이었다. 익지 않은 산 머루며 다래를 바라보며 가을에 또 한 번 오고 싶었는데, 훗날 다물단 활동으로 비로봉과 적멸보궁을 다녀오며 이 길을 찾았다.

오대천은 비로봉에서 발원하여 적멸보궁의 정기를 담아 상원사를 거쳐 월정사 쪽으로 흐른다. 세조와 문수보살의 전설이 어린 곳이기도 하다. 오대천을 따라 비포장도로가 있고, 내천 건너편에 산길이 있는데 스님들이 다니는 구도자의 길이다.

'방한암' 선사께서 봉원사에서부터 단풍나무 지팡이를 짚고 이 길로 걸으시고 중대사의 뜰에 지팡이를 꽂아 단풍나무로 환생시킨 길이다. 이어 탄허 스님이 한암 스님의 제자가 되고자 찾아온 길이다. 훗날 탄허 스님이 지혜를 깨닫고, 화엄경 경전을 우리말로 알리신 불사의 길이다. 이 옛길을 복원하여 2013년 10월 '선재길'로 명명하였는데, 화엄경의 선재동자로부터 유래되어, 참된 나를 찾을 수 있는 구도자의 길에 연유했다고 여겨진다.

오대산 숲이 주는 자비는 한두 가지가 아니다. 일주문에서 월정사까지 수령 100년 되는 전나무 숲길을 맨발로 걸어보라. 마치 태고 원시림 속에서 원시인이 되어 해탈한 듯하다. 월정사 오대천 다리를 건너면 '깨달음, 치유의 천년 옛길' 선재길을 안내한다. 데크길로 계곡에 이르면 바깥세상에서 바라볼 수 없는 별천지가 펼쳐진다. 선재길 오색 단풍은 투명한 색채로 오대천을 물들인다. 방한암 선사께서 꽂은 지팡이가 단풍나무가 되어, 살아있는 전설의 위용을 유감없이 발한다.

산마루에서 슬금슬금 내려온 단풍이 내천 물가에 머무르면서 낙엽으로 떨어지려 한다. 낙엽귀근落葉歸根이라고 했던가. 뿌리 쪽으로 떨어져야 하는데 흐르는 물이다. 물에 어린 자태에 놀라 더욱 붉다. 오대천 암반 바닥은 물에 달아 매끄럽고, 물은 명경지수明鏡止水다. 물의 유혹에 끌려 나도 모르게 손으로 떠서 마신다. 물에 내 모습이 비치고 단풍이 어리어 물아일체物我一體다. 단풍이 가슴에서 연지빛을 토한다.

물 위에 뜬 오색 단풍 그림자에 물고기들이 숨바꼭질 한다. 물이 깊은 소沼는 에메랄드색을 띠고, 단풍이 빙글빙글 수를 놓는다. 오색 단풍이 선명한 빛을 발하며 생을 마감하니 자연섭리의 성스러움을 느낀다.

내천을 벗어나 산길로 가다가 다시 내천에 오면, 애기 단풍이 가까이 오라고 손짓하니 달려가 안아 주고 싶다. 내천과 헤어졌다 만났다를 인생 여정처럼 한다. 잔도棧道를 설치하면 편한 길을 가며 물과 단풍을 가까이 대할 수 있을 텐데 아쉬웠지만, 짧은 생각일 뿐 구도자의 길을 외면할 수 없다.

하늘에서 내려다보면 연꽃 모양이고, 눈을 감고도 찾을 수 있는 어머니 젖가슴 같은 적멸보궁을 마음에 두고 선재길을 걷는다. 참된 나를 찾으려는 소망으로 선재길을 걸으면, 오색단풍을 보러 선재동자나 문수보살이 나타날 것 같아 걸음을 멈추지 않는다. 차분하게 걷다보니 선재길이 선경仙境의 은밀한 부분을 조금씩 열어주는 것 같다. 오늘따라 선재길 오색단풍이 한결 선명하다.

– 산림문학 2020 가을호 게재

수국의 향기에 반하다

계절의 여왕, 오월의 마지막 날에 모처럼 나들이다. 코로나 사태로 외출을 삼가다 아내와 아들의 생일 축하 정찬을 위해 벽제 쪽으로 가는데, 외손자 희우는 아빠 엄마랑 미아동에서 대중교통으로 오는 중이었다.

아내는 외손자가 보고 싶은지 희우 얘기를 한다. "여보, 오늘 희우가 생일 선물로 화분을 사준대요." "꽃다발이 아니고 웬 화분?"이냐고 했지만 알 수 없었다. 점심 식사하고 벽제에 화원이 많이 있으니 희우가 직접 들러보고 산단다. 희우의 꿍꿍이수작에 걸려들게 되었다. 바이올렛을 부탁받고 근 2년 동안 꼼짝 못하고 희우를 대하듯 화분을 관리했던 일이 머리에 떠오른다. 아내는 그것도 모르고 자기가 태어난 것을 저렇게 기뻐한다.

'강강술래' 한식당에서 식사를 하며 환담을 나누었다. 중학교 합격하고도 코로나 때문에 등교를 못한 것이 화두다. 희우는 사립초등학교에 입학할 때 뒤에서 세 번째로 추첨에 당첨되었고, 중학교도 역시 128명 모집에 123번째로 당첨된 행운아다. 나는 128점 만점에 123점을 맞은 우등생이라고 치켜세우면 희우는 머리만 긁적인다. 운 좋은 사람이면 좋겠지만, 노력과 운이 함께하는 행운아가 되기를 바란다.

담소하며 점심을 먹고 세상 얘기를 하는 동안 희우가 할머니 엄마하고 화원에 들러 화분을 사 왔는데 '수국'이었다. 화려한 선물다운 화분을 사 올 줄 기대했는데 플라스틱 용기에 심어 이제 막 피기 시작하는 화분이었다. 단정하게 가꾸지 않았는지 모양새가 헝클어져 있었다. 얼마를 주었는지 모르지만 희우가 결정하여 산다고 하니 주인이 많이 깎아주었다고 한다.

하여튼 희우가 저축한 고사리 통장 거금으로 산 것이니 감지덕지해야 하나, 저 수국을 수국답게 키우자면 한바탕 난리를 쳐야 한다. 일거리를 안겨주어서 미안한지 희우가 자꾸 내 얼굴만 쳐다본다.

집 거실 꽃기린 선인장 옆에 수국을 내려놓고, 분갈이를 부탁드린다는 말을 남기며 희우는 떠나갔다. 수국 꽃은 연한 연두색으로 피어 희미하게나마 붉게 변하고 있지만 가지가 비틀어지고 꺾어지기 일보 직전이다. 우선 화분을 욕조에 놓고 물을 흠뻑 주고 하룻밤을 지냈다.

아침에 보니 수국 가지에 힘이 실려 잎이랑 꽃이 싱싱한 모습을 드러냈다. 한데 화분이 너무 작아 수국을 지탱하기 어려웠다. 분갈이를 해야만 했다. 3년 전에 마련한 큼직한 질그릇 화분을 처치를 해야 하던 참인데 잘되었다.

질그릇 화분의 화초를 다른 데로 옮겨 비우고, 밑에 자갈을 깐 다음 수국 뿌리를 가지런히 펴서 화분 중앙에 비좁지 않게 넉넉하게 심었다. 마침 집에 있는 화분용 흙과 거름을 뿌리 사이에 채웠다. 지지대를 꽂아 가지와 꽃이 넘어지지 않도록 지지하고, 화분 흙에 물을 듬뿍 주었다. 작업이 끝나자 상품 가치가 있는 수국이 되었다.

붉은 꽃기린 선인장은 새로 들어온 수국이 어떤 꽃을 피우는지를 은근히 기대하는 눈치다. 꽃기린 선인장도 외로운 옥상에서 노숙자를 면하고 이 자리로 입양할 때 비실비실했는데, 정성과 사랑을 받아 붉은 꽃을 토하지 않았던가.

거름 탓이었을까? 며칠 지나니 수국 꽃이 다발로 되면서 붉은색으로 불타오른다. 복스럽게 핀다. 아침 햇살을 받은 수국은 또 다른 작은 태양을 연출한다. 꽃기린 선인장이 눈부신 광경을 바라보며 숨을 가다듬는다.

창문을 여니 수국 향기가 온 거실과 방에 퍼진다. 주방에서 냄새를 맡은 아내가 달려와 "아니 이럴 수가."를 연발하며 황홀하여 입을 다물지 못한다. 이 장면을 희우한테 어서 알리고 싶은 표정이다.

메시지로 전송한 사진을 본 희우도 궁금했는지 보름 만에 외가에 왔다. 집에 들어서자마자 수국 앞으로 달려가 물끄러미 바라본다. 생각했던 이상의 변화에 놀라고 기뻐하는 눈치다. 꽃기린 선인장이 더욱 아담한 꽃을 피우며 수국과 어울리니 더욱 신이 났다. "할아버지. 화분 흙 토양이 알칼리성인가 봐요. 그래서 꽃이 붉게 피었어요. 산성이었다면 푸른색으로 피었을 텐데."라고 하지 않는가. 어안이 벙벙

했다.

나는 그저 수국 꽃이 붉은 품종이면 붉게 피는 줄로만 알았는데, 희우는 초등학교 자연 학습시간에 수국은 토양의 성분에 따라 붉은색이나 푸른색이 된다는 것을 이미 배워 알고 있었다. 그런데 어떻게 6~7월에 한창 피는 수국을 선물할 발상을 했을까. 사자소학을 터득하여 저절로 효심이 발동한 것인가!

희우의 선물 덕분에 집안이 환해졌음은 물론이요, 자연의 신비스러움을 새삼 느낀다. 물만 주는데 꽃은 붉은 물감으로 물들이고 있으니, 저 물감은 어디서 만들고 얼마나 될지 감을 잡을 수 없다. 코로나 때문에 무료했던 하루가 물주는 소일감과 수국 감상으로 생기를 되찾았다.

작년 초여름 거제도 해금강으로 갈 때 마을 도로의 가로화가 온통 산수국이었다. 바닷바람을 맞으며 남해의 정취를 수놓은 산수국이 아름다웠는데, 지금 수국이 우리집 거실에서 보살핌에 감동이 되었는지 그 자태를 마음껏 뽐낸다. 정성 들여 가꾸면 수국은 7월 이후에도 짙은 향기를 품으며 계속 필 것 같다.

요즈음은 수국의 복스러움과 향기에 반했다. 꽃이 향기로우니 명상하면 심신이 안정되고 개운하다. 이러니 갸륵한 희우의 효심이 수국처럼 향기롭구나. "희우야, 정말 고맙다."

– 고양문학 제53호 게재

싸리꽃 미소

  싸리나무는 양지바른 곳에 군락을 이루며 자란다. 가시가 없고 줄기와 잎이 부드럽다. 이슬을 머금은 싱그러운 싸리꽃, 싸리나무 잎과 순을 소나 토끼가 좋아한다. 소를 먹일 때 싸리나무가 많은 곳에 풀어 놓으면 잎과 순이 맛이 있으니까 자리를 뜨지 않는다. 소는 건강하고 털이 반질반질 윤이 났다.

  초동樵童은 토끼가 먹을 싸리꽃 가지를 한아름 꺾어 바지게에 담는다. 싸리꽃은 꺾인 아픔을 내색도 안 하고, 자기를 먹으며 오물거릴 토끼를 생각하며 미소를 짓는다. 수줍은 산골 소녀의 미소다.

  팔월이면 연한 보라색 꽃, 향기를 찾아 벌이 날아들어 붕붕거린다. 칠석에 마련한 증편을 그 향기로운 싸리 꿀에 찍어먹으면 세상 부러울 게 없었다. 꿀을 뜨면 투명한 황금색으로 끊어지지 않는다.

  싸리나무는 2미터 이내의 키로 자라는 관목이다. 줄기가 단단하고 가벼워 노약자의 지팡이가 되고, 애들을 다스리는 회초리로 쓰인다.

늦가을이면 일 년 쓸 빗자루를 엮고, 바지게와 다래끼, 소쿠리 등 바구니를 만들어 광에 보관한다. 싸리나무는 부러지거나 부스러지지 않아 빗자루로 제격이다. 두 자루를 더 만들어 앞집 할머니 댁에 드리면 그렇게 고마워하셨다.

회초리라니 옛날 효도 일화가 떠오른다. 어느 집에서 아버지가 모처럼 아들에게 매를 들었는데 아들은 50대요 아버지는 70대였다. 아들이 매를 맞다가 눈물을 흘리기에 아버지가 왜 우느냐고 물으니, 나이가 50이 넘도록 때려주는 아버지가 살아계심에 하늘에 감사하여 운다는 얘기와, 매질하는 힘이 예전 같지 않아 아버지가 쇠약해졌음에 서러워 운다는 얘기가 있다. 어느 얘기든 가슴 뭉클하다. 사랑의 매를 맞던 반들반들한 회초리는 싸리나무다.

싸리 껍질과 뿌리, 싸리꽃은 민초들이 쉽게 구할 수 있는 민방 약재다. 껍질과 뿌리로 진하게 달인 물은 결막염, 눈 충혈 등 눈병에 특효다. 껍질 가루와 달걀 흰자위로 갠 약은 주근깨나 기미 등 피부염에 효험이 있다.

어릴 적 까까머리에 버짐이 나면 싸리나무 줄기로 치료를 한다. 싸리 줄기를 화롯불에 올려놓으면, 자른 면에서 진이 방울방울 끓어 나온다. 그 진을 환부에 바르면 감쪽같이 나았다.

한편 골다공증과 관절염 등을 치료할 뿐만이 아니라 뼈를 무쇠같이 튼튼하게 만든다. 괴력을 발휘하는 차력사借力士들이 산속에서 무술 훈련을 할 때 싸리나무 열매를 먹는다고 한다.

싸리나무 줄기 껍질은 살충과 방부 효과가 있는지 벌레가 얼씬 못한다. 곶감을 만들려 감을 뚫어도 속이 상하지 않는다. 줄기가 부러지지 않고 가벼워 곶감 꼬지로 사용하니 그 지혜가 놀랍다. 소쿠리에서 말린 감 껍질을 시루떡에 넣으면 맛있는데 이를 두고 감칠맛이 난다고 하는 모양이다.

감을 깎아 열 개씩 싸리나무 꼬지에 꽂아, 새끼줄로 엮어 덕장에 매단다. 가을이 저물어 싸늘한 바람을 맞으면 말랑말랑한 곶감에 흰 분이 난다. 으슥한 밤이 되면 속이 출출한 동네 청년들이 모여 곶감 추렴을 한다.

곶감 한 접으로 열 명이 각자 한 줄씩 배당받았을 때, 개평꾼이 오면 어쩔 수 없이 모두 곶감 한 개씩 빼 준다. 추렴 꾼은 아홉 개이고 개평꾼은 열 개가 되니 어쩔 줄을 모른다. 주는 기쁨이 받는 고마움 못지않다고 하지만, 불공평한 개평 법칙이다.

곶감이 완전히 숙성이 되면 덕장에서 곶감 꼬지를 내려, 한 접이 100개씩 되게 만든다. 곶감 꼬지 양 면을 국화 모양으로 일구어 모양을 낸다. 이렇게 만든 곶감은 유용한 농가 소득원이었다.

삼복 무더위가 지나가고 아침저녁에 서늘한 바람이 불면 촉촉한 산자락에 싸리를 닮은 싸리버섯이 낙엽을 헤치고 솟는다. 마치 산호초 같다. 매년 종균이 있는 곳에는 여지없이 버섯이 솟는다.

물기가 많은 싸리버섯은 하루만 지나가도 상한다. 습도 변화와 버섯의 향기를 맡고 몰려온 벌레 때문이다. 싸리버섯은 덩치가 크다.

밑동을 잘 잘라 싸리 줄기로 꼬지로 하면 안성맞춤이다.

싸리버섯 다발을 집으로 갖고 와 이웃과 나누어 먹으니 정이 넘친다. 싱싱한 싸리버섯은 쫄깃하고 향이 있으며 단백질이 풍부하다. 말린 후 보관하여 명절 때 별미 요리를 한다.

싸리나무는 줄기를 자르면 뿌리에서 새순이 돋고, 순을 자르면 그 자리에서 새순이 나서 소나 토끼가 배불리 먹는다. 싸리꽃이 피면 벌에게 젖가슴을 내주고, 병든 사람에게 껍질과 뿌리로 약재를 제공한다.

시골 사람들 곁에서 모두 건강하게 지내도록, 무엇 하나 빠뜨리지 않고 모든 것을 베푼다. 사랑의 매까지도.

초동 시절이 그립다. 소를 먹이며 맡았던 향긋한 냄새. 영원히 바래지 않는 연한 자줏빛, 싸리꽃 미소가 눈에 삼삼하다.

– 2020 창작수필문인회지 게재

오동나무를 심은 까닭

 아버지 날 낳으시고 어머니 날 키우시며 스승님은 날 가르치셨으니 오월은 세 분을 기리는 달이다.

 서예에 다닌 지 10여 년, 부모님처럼 다정다감한 스승님을 만나 늘그막에 스승 복을 누린다. 서예에 입문하자 스승님께서 며칠 후 아호를 내리셨다. 오동나무 언덕을 일컫는 동강桐㟼이다. 얼떨떨했다. 아버님께서 내가 태어나기 전에 언덕에 오동나무를 심으셨고, 서실 스승님께서 오동나무 언덕인 동강 아호를 지어 주셨으니 말이다.

 고향의 오동나무 언덕이 나의 아호가 되었으니 하늘이 맺어준 아름다운 인연으로 여긴다.

 내가 태어나기 전 형들이 넷이었는데 아버님께서는 뒷산 언덕 밭가에 오동나무 두 그루를 심으셨다. 다들 딸 낳기를 바라는 뜻이라 했다. 그 후 3년이 지나자 다섯째는 딸이 아닌 나였다. 그리고 두 남동생을 더 두어 칠 형제 집으로 불렸다. 아홉 살 오동나무는 엄청나게 자랐다.

오동나무 그늘은 산 넘어 마실을 다녀오시는 분들의 쉼터가 되고, 동네 처녀들이 산나물과 버섯을 채취하여 손질하는 일터가 되었다. 소나기가 오면 오동나무 잎을 받치고 소를 맞은편 오동나무에 맺다. 연잎보다 더 큰 나뭇잎은 훌륭한 우산이었다.

그해 오월 오동나무 보라색 통꽃이 만발할 때 우리집엔 여동생이 태어나 잔치를 벌였다. 연이어 둘째 여동생까지 태어난 겹경사로 우리 집은 구 남매 가족이 되었고 집안 분위기는 한층 더 화목해졌다. 모두들 오동나무 덕분이라고 했다.

딸로 태어나야 할 나는 큰 아주머니가 시집오기 전까지 어머니를 돕는 부엌 당번이었다. 공부할 내 방이 없어 학교 숙제는 오동나무 밑에서 했다. 서늘한 그늘 아래 통나무 걸상에 앉아 바람을 쏘이면 머리는 맑아지고, 청아하게 퍼지는 암송이 머리에 쏙쏙 들어갔다. 오동나무 잎을 뚫어 만든 모자를 쓰고 목동의 멋을 내며 집으로 올 때는 소 등위에는 오동나무 잎이 있었다. 향기가 나는 잎에 파리 벌레들이 접근을 못했다. 아침 밥을 할 초벌 보리밥이 밤새 쉬지 않도록 펴는 데는 안성맞춤이었으니 삶의 지혜를 주는 고마운 잎이다.

오동나무는 오월 통꽃이 떨어지면 그제야 잎이 나고, 뜨거운 태양 아래 녹음을 펼친다. 나무들의 단풍 잔치가 무르익을 무렵 나뭇잎 하나가 커다란 원을 그리며 떨어지는 것을 보고 선인들은 천하에 가을이 오는 것을 안다며 '일엽지추─葉知秋'라고 읊었다. 장자 편에 따르면 봉황은 대나무 이슬을 마시며 벽오동이 아니면 머물지 않는다고 했다.

오동나무는 심금을 울리는 목재로 변신하여 거문고와 가야금, 비파 악기로 둔갑하는 신령스러운 나무다. 음악은 선조들의 일상이자 삶을 대변하는 수단이었다. 우리나라에서 자생하는 오동나무는 음의 울림이 뛰어나 예로부터 악기 재료로 삼기에 으뜸으로 꼽혔다. 균일하고 좁은 나이테를 이루어 선명하고 맑은 음을 형성하며, 말라도 틈이 생기거나 좀이 먹지 않는다. 이처럼 선조들의 삶을 대변했던 민족 고유 소리는 오동나무 목재와 더불어 뿌리 깊게 이어져 내려온 것이다. 하여 시인 신흠은 '오동나무는 천년을 늙어도 항상 가락을 품는다桐千年老恒曲.'라고 읊었다.

스승님은 동강이란 아호를 내리며, 금슬상화琴瑟相和면 빈래희귀嚬來喜歸라는 덕담을 하셨다. "거문고와 가야금이 서로 조화를 이루듯 부부 금슬이 좋으면 얼굴을 찡그리고 왔다가 웃으며 돌아간다."는 덕담은 아버님께서 평소 하시던 말씀이셨다.

아버님은 농부였지만 나무를 많이 심어 가꾸었고, 집안에서는 근엄했지만 마을 모임에서는 해학과 풍류를 즐기셨다. 아버님께서 아들을 출가 시킬 때 부부는 금슬상화라며 오동나무처럼 살라고 하셨다.

하늘나라로 가신 아버님을 모신 후 돌아오며 예의 그 오동나무를 찾은 것은 아버님이 오동나무를 심은 까닭을 조금이나마 깨우치기 위함이었다. 보랏빛 통꽃이 짙은 향기 속에 하늘은 더욱 청명했다.

가정의 달, 5월 21은 부부의 날이다. 둘(2)이 하나(1)가 되는 금슬이 좋은 의미를 담은 날이다. 아버님께서 오동나무를 심으신 까닭은 가정의 화목함을 빌기 위함이었을까? 아니면 딸의 장롱을 마련하기 위해? 마을의 쉼터와 흥겨운 가락을 만들기 위해? 이 모든 게 정답이었을지 모른다. 오동나무는 모두에게 베풀어 주었으니 말이다.

한여름 시원한 그늘과 소나기를 피할 수 있는 오동나무. 그 밑 통나무 걸상에서 공부했던 추억이 그립다.

아버님의 깊은 뜻을 받들어 좋은 글로 행복을 나누고, 아내와 더불어 건강한 백년해로를 해야겠다.

일편단심 민들레야

서실 뒷마당에 민들레가 봄을 피운다. 강변 개나리랑 들녘의 유채와 함께 노란색으로 봄을 채색하는 민초의 꽃이다. 옛적 선비들이 서당 뜰에 심어놓고 민들레의 포공구덕을 익혔다는 귀한 몸이다. 묵향과 글 읽는 소리가 그리워 귀동냥이라도 할 겸 서실을 찾아왔건만 반겨주는 이 없다.

보도블록 사이에 뿌리를 내려 서식한 민들레다. 전화를 하거나 기지개를 펴려고 뒤뜰에 나온 서생들의 발길에 채일 뿐 눈길 한 번 못 받지만 누군지 다 안다. 며칠 전 잡초와 함께 뽑혔다가 엊그제 비가 와서 되살아났다. '일편단심 민들레야─' 노래를 부르며 마음이 전해지길 기다린다.

노아의 홍수 시절, 창조주의 배려로 산 중턱으로 날아간 덕분에 은행나무와 더불어 지구상에서 가장 오래도록 생존해 온 민들레다. 민들레의 조상들은 슬기로웠다. 학동들이 물 뿌리고 청소하며 응대함을 바라보며, 명심보감과 사자소학을 귀동냥으로 하는 데 게으르지 않았다. 삶의 지혜는 듣는 데 있다며, 아홉 가지 덕을 익혀 온몸으로 실천했다. 가까이 있는 사람을 행복하게 하고 멀리 있는 사람을 가까이 하니, 배달민족 선비들은 민들레에게 포공령이란 관작을, 씨앗의 깃털에겐 관모冠毛 칭호를 내렸다. 그리고 민들레의 덕행을 포공구덕蒲公九德이라 칭송하며, 이를 거울삼아 스스로 수양하고 백성을 교화시켰다.

단오에 세모시 옥색 치마를 입은 봄처녀가 그네를 탄다. 금박 물린 댕기머리로 창공을 차고 날 듯 그네 발판에 발을 구를 때, 신발 바닥에서 떨어져나가며 바람을 타고 자유롭게 멀리 날아갔다. 무더운 여름날이면 화담의 짚신에 묻혀 박연폭포에서 황진이의 거문고와 가야금 소리를 들으며 피서를 했을 게다.

올봄은 가물어 목이 탔을 텐데 물 한 모금 주지 않고, 비정하게 잡초로 취급했으니 미안했다. 꽃이 지자 꽃받침이 변형되어 줄기 대롱이 하늘을 향해 뻗더니, 열매가 완전히 여물자 총포가 벌어지면서 씨앗을 매단 줄기에 9~10개의 백발 깃털이 활짝 퍼진다. 마치 작은 공처럼 생긴 솜사탕이다. 꽃대 줄기에 앉아 방사형의 갓털이 멀리 날아갈 채비를 한다. 카운트다운이 끝나면 서실 뒷마당에서 배양한 포공구덕을 세상 구석구석에 전파할 것이다.

노아의 홍수가 아니면 동남풍도 좋고 거센 북풍이라도 좋다. 알 수 없는 곳으로 여정을 떠나는 민들레를 보며 나도 따라 나서고 싶은 충동에 사로잡힌다. 민들레 갓털은 어떻게 유성처럼 날아다닐까? 조심스레 관모를 뽑아 돋보기로 관찰했다. 자세히 보니 과연 갓털에 가시 같은 미세한 돌기가 있다. 갓털 내부의 공기 흐름이 만드는 소용돌이로 쉽게 낙하하지 않고 멀리 유연한 비행을 할 수 있고, 급강하를 방지하는 비밀이 있었다.

갈색 씨앗을 매단 갓털에 선풍기 바람을 쏘이니 비상하여 낙하산처럼 실내를 비행한다. 문을 여니 밖으로 날아가 버렸다. 민들레는 어디로 갔을까? 아마 무슨 언약이 있었는지 봄이 찾아와 꽃이 필 곳으로 갔을 것이다. 그러니 민들레가 봄을 쫓고 봄이 민들레를 쫓는다.

D사 인천공장에서 근무할 때, 중학교 여자 동창이 유방암으로 입원해다는 소식을 들었다. 기숙사에서 지낼 때, 일요일이면 고개 너머 서울여대 기숙사를 찾아 자전거를 타며 외롭지 않게 보낸 활달한 웃음 전도사다. 토요일 오후 퇴근을 미루고 심산에서 산삼을 캐듯, 호미 대신 대나무 막대기로 잔디밭에서 이슬을 먹고 자란 민들레를 정성껏 캤다.

자외선을 받으며 자란 민들레는 잎이나 뿌리를 꺾으면 나오는 우윳빛 점액이 염증 치료제이다. 개미들이 그 점액을 좋아해 잔디밭을 파고들어, 잔디는 말라죽지만 민들레는 살아남는 것을 체험했기에, 병상에 누운 웃음 전도사에게 특효약이 될 거라 믿었다. 민들레와 꿀병을 받은 여동생들은 기가 찼을 것이다. 하여튼 웃음 전도사는 암을 극복하여 퇴원했다.

물론 현대 의술로 완치되었지만 장본인과 여동생들은 민들레 때문에 나았다고 너스레를 떠니 민들레가 정녕 산삼으로 둔갑을 했을 듯 싶었다. 퇴원하자 '도道 걸스카우트 단장'으로서 활달하게 포공 구덕을 펼쳤고, 퇴임 후 다른 지병으로 투병하다 소천 했다. 내가 희수가 되면 잔칫상을 차려주겠다고 했는데, 민들레 갓털 따라 좋은 곳으로 날아갔을는지.

민들레 갓털은 삶의 무게가 없다. 그저 가벼울 뿐으로 여길지 모르지만 인고의 세월을 겪으며 지내왔다. 모든 것을 내려놓고 비우며 오로지 남을 도울 생각만 하니 그야말로 일편단심이다.

끈질긴 인내심(1. 忍), 뿌리가 잘리고 난도질당해도 되살아나는 굳건함(2. 剛), 돋아난 잎의 수만큼 꽃이 피고 지는 순서를 지키는 예의(3. 禮). 사람에게 나물과 약재로 잎과 뿌리까지 송두리째 주는 쓰임새(4. 用), 꽃을 피워 벌 나비에게 꿀을 주는 정성(5. 情), 흰 점액으로 병마를 다스리는 자비로움(6. 慈), 뿌리를 달여 부모님의 흰머리를 검게 하는 효심(7. 孝), 자기 몸을 찔어 상처를 낫게 하는 어짊(8. 仁), 어떤 험지라도 가리지 않고 뿌리를 내려 자수성가하는 결단력(9. 勇)을 포공구덕이라 할 진대 고개가 숙여진다.

포공 선생을 기리며 '일편단심 민들레야'를 불러본다.

청심대 왜가리

달빛과 별빛이 천정 위로 쏟아지는 것도 모르고 단잠을 잤다. 오늘도 두문불출로 하루를 보내자니 지겹다. 코로나에 장마와 폭염, 태풍까지 연달아 몰아치니 세상이 왜 이런지 의아스럽다. 피서 꿈은 아예 접었다.

마음을 다스리려 독서를 하고 수필 구상을 하려는데 카톡이 울렸다. 선배님께서 보내주신 단원檀園 김홍도金弘道의 그림과 '그리운 금강산' 가곡으로 편집한 동영상이다. 반가움 속에 파일을 열었다.

단원 김홍도는 정조가 보지 못한 금강산과 강원도의 관동팔경과 명승지를 그려오라는 명을 받고, 발품을 팔면서 천하 걸작을 금강사군첩金剛四群帖에 담았다. 동영상은 그림과 실물 사진을 연달아 보여주면서 그리운 금강산 노래가 흐른다. 그림과 촬영한 사진을 대조하면 기암괴석의 형체와 계곡의 실물 크기가 큰 차이가 없으니 경이로움을 금할 길 없다.

단원이 화폭에 담은 오대산의 사찰은 세월 따라 변했지만, 마평리의 청심대는 언제나 그 절개를 간직하고 있다. 청심대 그림은 금강사군첩 첫 페이지에 있다. 동영상 삼매경에 푹 빠졌는데 택배가 왔다. 우연의 일치인가? 청심대가 있는 평창군 진부면 마평리에서 온 '두백' 감자였다.

매년 8월 말경이면 평창 오대천 청심대를 다녀온 것이 눈에 선하다. 선배 사촌 김여래 선생이 귀향하여 농사를 짓기에, 선배 따라 천렵에 합류했다. 오대천에서 김 선생의 노련한 투망으로 일타 40매다.

한 쌍의 왜가리가 머리 위를 선회하다 내려앉아 고기 사냥을 한다. 한 마리를 잡아 서로 나누어 먹는다. 우리를 보면서 한 마리씩 잡으라고 고개를 젓는다. 부리를 서로 비비며 날개를 마주치다 청심대 쪽으로 날아가는 왜가리는 마치 비익조比翼鳥이다. 우리는 바지가 젖는 줄도 모르고 고기를 몰며 천렵을 했다. 잡힌 고기들은 피라미, 배가사리, 쇠리, 어름치, 종개미, 매자 등 정겨운 이름의 민물 고기다.

돌아오는 길가엔 코스모스와 백일홍이 물결치고, 집집마다 화원이다. 밤송이는 입을 벌리고, 감나무엔 땡감들이 익어간다. 얼씬도 못하는 탱자나무 울타리에 더덕이 오르며 산들바람에 향을 풍긴다. 물통안의 고기들이 길가에 핀 꽃들의 향기를 맡고 저마다 춤을 춘다.

잡은 잡어를 손질하여 아주머니가 요리를 하는 동안에, 우리는 청심대를 찾았다. 동해에 추암 촛대 바위가 있다면 남한강 젖줄 오대천엔 청심대가 있다. 관동팔경에 버금갈 명소이기에 단원이 찾은 곳이다. 비로봉에서 발원하여 선재길을 거쳐 동강으로 굽이쳐 흘러가는 오대천을 바라보며 우뚝 선 기암절벽 낙락장송에서, 천렵하며 만났던 왜가리가 고고한 자태로 우리를 맞이한다.

조선조 태종 때 강릉부사인 박대감이 중앙 부서로 부임하던 중 배웅하던 명기 청심이 기암절벽에서 투신하여 굳은 절개를 지켰다. 훗날 그 넋을 기리기 위해 세운 정자가 청심대淸心臺이며, 단원이 그린 청심대 액자가 걸려 있어 발길을 멈추게 한다. 청심대에 오르니 해가 저물고 안개가 피기 시작했다. 마을과 오대천은 운해雲海에 잠기고 산 봉우리가 솟아나 섬을 이룬다. 청심의 넋이런가? 왜가리가 석양에 물든 운해를 배회하며 춤을 춘다. 장관이다.

선인 이천상李天相이 '청심대에 올라가 휘파람 한 가닥에 계곡 바람을 맞이하다.'라고 감회를 읊었다는데, 우리는 북받치는 감정을 어찌할 줄 몰라 '님이 오시는가.'의 노래로 청심의 넋을 위로했다.

『백합화 꿈꾸는 들녘을 지나,
달빛 먼 길 님이 오시는가.
풀물에 배인 치마 끌고 오는 소리,
꽃향기 헤치고 님이 오시는가.
내 맘은 떨리어 끝없이 헤매고,
새벽이 오려는지 바람이 이네. 바람이 이네.』

숙소에 도착하니 피라미로 요리한 '도리뱅뱅'과 잡어로 끓인 어죽. 두백감자 밥상이다. 염치 불고하고 마파람에 게눈 감추듯 별미를 즐겼다. 아침 식사로는 두백 감자를 위주로 한 감자밥, 감자전, 감자옹심이 홍감자 샐러드 등 감자 진수성찬이다. 밭에서 채취한 야채로 쌈을 싸 먹으니 그야말로 웰빙 섭생이다.

쪄먹는 감자는 전분이 많아서 부침용과 옹심이 용으로 개발을 거듭해 왔다. 청심대 마평리 마을은 고추와 두백 재배에 적합한 보명개 토질을 갖고 있다. 거기다 청심대의 왜가리가 굽어살피는 천혜 마을이다.

천렵 회원들에게 '그리운 금강산' 동영상을 보내주었더니 이구동성으로 천렵을 가자고 난리다. 옹심이와 감자전을 준비하려는데 또 전화다. 감자를 받았느냐고. 그리운 금강산 동영상과 두백 감자를 받아 오늘의 행복을 만끽한다.

온 국민이 합심하여 코로나를 물리치면, 두백 감자 마을을 방문해야겠다. 천렵도 하고, 휘파람을 길게 불어 청심대 왜가리를 만나고 싶다.

학이 앉는 나무

소나무는 일 년에 두 번 솔비 향연을 치른다. 봄철에 뻐꾸기가 울면 황금색 송홧가루가 날려 온 산이 송홧가루 냄새다. 늦가을이면 솔바람에 솔가리가 떨어지니 이 또한 황금색 솔비다. 솔가리에 송홧가루가 묻어 그 송진 냄새를 맡으며 솔방울 싹이 돋아날 꿈을 꾼다.

소나무는 날이 춥기 전에 솔잎끼리 서둘러 임무 교대를 한다. 작년에 돋아난 솔잎이 단풍이 들어 떨어지면서 황금색 카펫을 깐다. 금년에 돋은 솔잎에게 소나무 풍채를 지켜 부디 학鶴이 깃들도록 당부한다.

소나무는 겨울에도 더 높이 자라도록 다짐한다. 맑은 솔향을 피워 학이 깃들 꿈을 꾸니 노송은 외롭지 않다. 고결한 품위로 내년에 황금빛 송홧가루를 날리리라.

소나무는 겨우내 변함없이 강산을 푸르게 단장한다. 바위 산이든 관계치 않는다. 솔잎 다발은 원통형인 침엽의 표면적을 합치면, 여느 활엽수보다 훨씬 넓은 표면적으로 엽록소를 생성하니 사철 푸르다.

삭풍이 불어 모든 활엽수의 잎이 떨어지자, 소나무는 그제야 자기가 독야청청인 줄 알고 푸른 하늘을 우러른다. 낙엽으로 떨어진 솔가리는 얼기설기 눈과 엉켜서 눈 녹은 물을 저장하는 저수지를 만든다.

옛 시절에는 솔가리가 겨울 땔감이었다. 집집마다 대나무 깍쟁이로 솔가리를 모아 집 부엌 밖 뒤뜰에 노적가리처럼 쌓았다. 솔가리는 따뜻하게 겨울을 나게 하는 든든한 땔감이며, 불쏘시개로도 각광을 받았다.

서울서 시집온 며느리가 부엌에서 불을 지피려는 시어머니를 도우려 할 때, 시어머니가 뒤뜰에서 소갈비를 가져오라고 한다. "소갈비를 먹게 되겠구나!" 은근히 기대한 며느리가 뒤뜰을 아무리 둘러봐도 소갈비가 없다.

실망한 며느리를 달랠 수 없어 안타깝다. 그저 웃으면서 뒤뜰에서 솔가리를 갖고 온다. 웃음을 자아낸 소갈비는 솔가리, 솔비의 방언이다.

초등학교 시절 야외수업을 했던 강릉 칠성산 용소골. 금강목이 울창한 계곡을 솔향 수목원으로 단장했다. 솔향 수목원 아래 들판이 있고, 소나무가 우거진 야산에 학이 서식하여 학산과 학마을로 명명되었다. 여름에는 백로가 학의 뒤를 이어 학산에서 서식했다. 서기瑞氣 어린 학마을에 '조순 생가'가 있다.

소나무는 구부러지거나 비틀려도 자기 신세를 탓하지 않고 오직 산을 푸르게 지킨다. 폭설로 아래 가지에 눈이 쌓이면 무게를 이기지 못한다. 추위에 얼어 딱딱해진 맨 아래 가지가 몸통 접속 지점에서 부러진다. 강하기에 부러진다. 스스로 가지를 치고 높이 자라니 자연의 지혜다.

학은 아무 나무에나 앉지 않는다. 이역만리에서 티 없이 맑은 하늘을 날아오면서, 고고함을 더욱 빛나게 할 푸른 겨울나무를 찾는다. 낙락장송이 우거진 푸르른 소나무 숲을 마다할 리가 없다. 눈 덮인 소나무에 내려앉아 솔향을 마시는 학의 고고한 모습은 배달민족의 기상이다.

학이 앉은 소나무는 여러 가지를 베푼다. 살아서 송근봉 죽어서 백봉령인 약재를 베풀 뿐만이 아니라, 송이버섯은 귀한 선물이다. 소나무는 송진으로 횃불을 밝히며, 배달겨레와 함께 수수만년 금수강산을 지켜왔다.

추석에는 시루에 솔잎을 켜켜로 놓고 찐 반달 같은 송편을 먹고, 한가위 보름달을 보면서 소원을 빌었다. 다식판으로 꿀과 송홧가루를 반죽하여 찍어낸 송화다식은 솔향이 밴 선식仙食이다.

고사리 손으로 물 오른 소나무를 어루만지며 송기를 채취했다. 어머니께서 정성 드려 만든 송기떡은 별미였고 그 향기가 아직도 눈에 아른거린다.

솔잎을 채취하여 고두밥을 찌고, 누룩을 배합하여 담근 농주는 솔냄새가 진하다. 주선들이 드는 술이다. 그 솔향이 밴 농주를 드시고, 얼큰하게 취기가 오른 아버님은 한바탕 학춤을 추시곤 하셨다.

학이 양지바른 언덕 소나무 주위를 배회하다 앉으면, 모여든 학들이 서로 부리를 마주치며 날개 춤을 추던 모습이 선하다. 이제는 서식지의 환경 변화로 그 정경을 더 이상 볼 수 없게 되어 아쉽다.

대신 백로가 노송을 하얗게 덮어 학의 아쉬움을 달래주었는데 세월이 지나며 백로마저 볼 수 없게 되었다. 학과 백로는 쌀미꾸리(용고기)를 좋아했다. 호수 늪지대와 개천, 논 물꼬에 쌀미꾸리가 많아 백로를 흔히 볼 수 있었다. 그렇게 많던 쌀미꾸리가 사라지면서 백로도 떠나갔다.

농약 때문에 먹이 사슬이 끊어졌다. 메뚜기도 날지 않고, 야광 놀이를 했던 반딧불마저 사라졌다. 학과 백로의 먹잇감이 없어 더 이상 서식할 수 가 없게 되었다. 다 사람 탓이다.

뒷짐만 지고 한탄할 것이 아니라 영농 방법을 개선하고, 오염된 곳을 한시바삐 친환경 상태로 복원하는 게 시급하다.

소나무가 있다 한들 학이 오지 않는 청산은 무주공산이다. 푸른 소나무에 학이 서식하는 동산이야말로 신선들이 거닐었던 선경이 아니던가!

소나무는 꿈을 꾼다. 학이 날아와 앉고, 실개천과 물꼬에 쌀미꾸리가 돌아온다, 논두렁에 메뚜기가 날고, 밤하늘에 반딧불이 수를 놓는 꿈을 꾼다.

나도 꿈을 꾼다. 학이 겨울 하늘을 날고, 눈 덮인 소나무에서 춤추는 꿈을.

- 2020 산림문학 40호 게재

황금 낙엽을 밟으며

 은행나무가 울긋불긋한 산을 바라본다. 마을에도 과실수에 단풍이 들기 시작했다. 단풍 경연이 있는가 보다. 온 나무들이 분장을 한다. 은행나무도 출전 채비를 한다. "어디 한번 물감을 들여 볼까?"

 들판에 벼가 익어 온통 황금물결이 일면 보기만 해도 마음의 부자가 된다. 사람들이 황금을 원하니, 소유는 못할망정 눈으로 마음껏 즐기라고 녹색 잎에서 황금색 단풍을 탄생시킨다.

 가로수 은행나무는 도로의 공해를 정화하느라 지칠 줄 몰랐는데, 열매가 익어가니 걱정이 깊어간다.

 은행이 떨어져 거리를 소독하고 비가 오면, 은행을 씻은 물이 하수구로 들어가 유충을 박멸한다. 공해라 하는데 뭘 모르고 하는 소리다. "그대는 냄새는 없는가?" 물으면, 화장실을 지니고 다니기에 답변을 못해 외면할 사람들이다. 마침 산림과학원에서 묘목의 DNA를 채취하여 암수를 판별하는 비법을 개발했단다. 암나무는 은행을 채취하는 농가에 수나무는 거리 가로수나 정화 나무로 심을 수 있게 되었다. 거리의 은행 냄새가 향수가 될 날이 머지않았다.

지구상에 가장 오래된 나무가 은행나무다. 살아 있는 화석이다. 동식물 대부분이 멸종한 빙하기를 거치면서도 살아남았고, 신생대 2억 7천 년 전 화석에도 있듯이 지구를 지켜온 나무다. 그렇게 오랫동안 생존할 수 있었던 비결은 뭘까? 다양한 나무 질병과 곤충에 대한 저항성을 지녔기 때문이다.

나이가 서른이 넘어야 열매가 열린다. 할아버지가 심고 손자가 열매를 먹는다 하여 공손수公孫樹라고 하는 나무. 심은 지 한 세대가 지나야 열리는 열매인데 냄새가 난다 해서 공해 나무로 천대해서는 천부당만부당한 일이다.

은행과 은행잎은 몸과 주위를 정화시켰다. 진화의 전설을 은행잎에 담았다. 황금색 은행잎은 무소유의 즐거움을 일깨운다.

우리나라는 은행나무 거리가 많다. 마을과 사찰에는 은행나무가 있다. 공기 소독을 한 나무 밑을 지나가게 하는 조상들의 슬기를 본받아야지 않겠는가. 기후 이상으로 자생할 수 없는 은행나무가 멸종될 거라는 우려가 들려 걱정이다.

늦가을이면 은행나무 길을 찾는다. 통일로와 양재동에서 가락시장까지 황포를 입은 일품의 가로수 물결에 매료된다. 현충원은 벚꽃 상춘객으로 붐비지만 늦가을 은행 단풍 길은 낭만이 넘쳐흐른다. 은행나무 가로수는 황금물결의 운치를 극대화한다.

구반포 서예실에 다닐 때 은행잎이 떨어지면은, 벤치에 은행잎을 깔고 앉아 빈대떡에다 막걸리 파티를 열었다. 아저씨들이 수북이 쌓인 은행잎을 자루에 담아 차에 싣기에 물어보니 남이섬으로 보낸단다. 낙엽이 되고서도 쓸모가 있으니 은행나무야말로 훌륭한 나무라고 여겼다.

먼저 핀 꽃이 먼저 시들듯이, 여느 나무들은 먼저 단풍이 들었다고 자태를 뽐내지만 낙엽이 질 때는 퇴색하여 추하게 보인다. 말라비틀어진 몸매로 마감하는 모습이 처량하게 보인다.

황금색 단풍이 눈이 부시다. 암그루 은행잎이 너나 할 것 없이 휘황하니 녹색 수그루가 찬사를 연발한다. 누가 먼저 핀 것은 홀로 먼저 시든다고 했는가!

암그루 은행잎이 은행을 안고 떨어질 때는 금색을 그대로 유지한다. 수그루의 녹색 은행잎은 암그루의 은행잎이 다 떨어지면 이내 황금으로 물들어 황포黃袍를 입고 대미를 장식한다. 황금 낙엽을 밟으니 마치 신선이 된 듯싶다.

먼저 떨어진 낙엽은 흐트러짐 없이 수그루의 낙엽을 맞이한다. 낙엽이 곱고 투명하다. 물속에서 노니는 오리발 같다 하여 은행잎을 압각수鴨脚樹라고 한다. 낙엽과 씨앗이 함께 떨어지도록 진화한 나무가 바로 은행나무다.

어릴 때 은행잎을 책 속에 넣으면 공부를 잘하게 된다 하여, 반듯한 은행잎을 책갈피에 넣었다. 책장을 넘기며 만지면 감촉이 좋았다. 머리도 맑아지는 기분이 들었다. 한지 책갈피에 은행잎을 넣으면 좀이 슬지 않는다.

은행나무는 공기를 정화하다가 단풍이 들면 노인들의 기침 가래를 다스리는 은행을 제공한다. 은행잎은 방부, 소독제 역할을 하며 은행과 더불어 약재로 각광받는다. 혈류 개선 성분은 은행잎에서 추출한다. 세계 건강 기능 식품 허브 원료 중 판매량이 1위다. 차로도 활용하는데 반드시 '법제法製' 처리된 것을 사용해야 한단다.

한때 페인트 회사에다가 은행잎에서 방충제를 추출하여 친환경 바이오 페인트를 개발해 보라고 권유한 적이 있는데 어떻게 되었는지 궁금하다.

오늘은 일산병원에서 안면 마비 치료 결과를 검진받는 날이다. 의사가 많이 좋아졌다며 혈행 개선제를 처방했는데, 은행잎에서 추출한 약이었다. 복용하면 날로 깜빡거리는 기억력도 개선될 것 같다.

집으로 오는 길에 황금 낙엽을 밟기 위해 일부러 공원을 경유했다. 황금 낙엽을 밟으며 은행이 어디 있나 찾아보아도 보이지 않는다. 발길을 멈추고 은행나무를 쳐다보니, 은행이 떨어지지 않고 가지에 매달려 햇볕을 쬐고 있었다.

사람들이 은행 냄새를 싫어하니까 껍질을 말리고 오그라들게 하여 찬바람이 불면 떨어지려하니 불가사의가 아닌가. 황금 낙엽을 밟으며, 또다시 진화 전설을 쓰고 있는 은행나무를 유심히 바라본다.

거기 누구 없소

2021년 7월 1일 인쇄
2021년 7월 7일 발행

지은이   조 철 형
감수자   김 영 진
펴낸이   백 성 대
펴낸곳   도서출판 노 문 사

주 소   서울 중구 마른내로 72(인현동)
등 록   2001년 3월 19일 제2-3286호
이메일   nomunsa@hanmail.net

전 화   (02) 2264-3311, 3312
팩 스   (02) 2264-3313

ISBN   979-11-86648-38-4